這杯咖啡的温度剛好

曉風

半片木（代序）

(1)

有一個字，我有點喜歡，那個字是：

片

如果是甲骨文，它寫成這樣：

如果是小篆，它寫成這樣：

根據這個字，再衍生出來的字，我也喜歡，例如：

版

和片有關的字多都很美，例如牋、牖、牘……。

我為什麼喜歡這個「片」字呢？很簡單，因為片字是「半木」的意思（從小篆很容易看出來），慎重的劈出來的半片木頭，而這薄薄半片木頭對我而言，是一切智慧和文明的開始。「版」和「片」，其實同義的，都是指可貴的木資源。

(2)

我也喜歡另外一個字，那個字是：

冊

即使寫成楷書，一串竹簡，被一根繩子穿住（也許是皮革製的繩子），形成一整冊貫連的畫面仍然栩栩如生。在北台灣，河洛話說「讀書」，南台灣卻慣於說「讀冊」。

這「冊」，如果放在几案上，就成了「典」籍。

漢字的美，因為筆筆伏有天機，害我每次寫著寫著都不勝低迴。

(3)

以上說的「版」和「冊」跟我現在要寫的文章又有什麼關係呢？有，因為我的書要再「版」了，（而且是改版），之所以要一再再「版」，是因為它印了許多「冊」。

書，也許不是什麼大不了的東西，只是半片木頭，幾頁竹簡，記錄我的事和情而已。讀者喜歡它，我俯首感謝。其實，嚴格的說，讀者喜歡的應該不是我，而是在跟我的字句、我的心情相處時的他自己。讀者喜歡的是被觸動的感覺，而感覺是他自己的。

至於我喜歡的是什麼呢？我喜歡的是能擁有一片紙一管筆，我喜歡一張桌子，一點搶救出來的時間，加上一個還熱心去述敘事情的自己。

我喜歡這來自半片木頭的紙的潔淨和芬芳，我喜歡那上面的生命的紀錄和留痕。

就只是這樣而已。

曉風
93.11.17.

目錄

一本書，仍有它出航的必要（自序）

我從高雄榮總打電話回台北，問女兒電話留言機裡有什麼事情沒有，她說：

「有，九歌出版社催你的書序。」

醫院空無一人的長廊上，我的淚嘩嘩然流了下來。

出書，原是一件美麗的事，三十年前，我二十五歲那年，《地毯的那一端》已經在叢書的森林中冒地成苗。而今，在寫了那麼多年之後，出書不再是興奮的事，不再是清晨小鳥雀躍的喧啾聒噪，而是黃昏教堂清鐘揚聲之際的莊穆淡遠。

少年歲月中，我曾發誓不容任何輕慢的文字出自我手。多年來，我自信大概可以無愧，我知道自己不曾有過「不誠懇」的筆墨。

但此刻，我淚下如雨又是為什麼？因為父親在加護病房裡，他已經住了二十七天，沒有一個醫生可以告訴我他明天將如何。我坐在「家屬等候區」，每一秒鐘都可能有噩耗傳來，而即使醫生不宣佈什麼新的壞消息，父親也已昏迷，不省人事。

我愛父親，然而此刻我能給他什麼？在他髮如殘雪氣若游絲的晚年，我能給他什麼？醫生能給他什麼？即使把地球縮成一枚寶石放在他掌心，又能增加他一刻壽命嗎？

整個「家屬等候區」全是悲傷驚恐的臉，深夜三時，有人來推我，我驚跳而起，去接電話，加護病房專用的那隻「壞消息電話」。啊！原來叫的人弄錯了，不是我，是另外一個人。那人飛奔而去，不久傳來哭聲，第二天，我看到一張空了的床。然而，空床也可能是我父親的那一張啊！

每個等候的人都是驚弓之鳥，等待那無可躲避的子彈。

我心神俱瘁，然而出版社說：

「給我們一篇序——我們等著出書。」

我的淚流下來，有父有母並且兄弟姊妹俱全的日子是多麼幸福。儒家認為是上天所賜恩福中最大的一項。而今年秋天，我還能繼續擁有我的父親嗎？

文學原是我所愛的，我願一生忠摯不二。但此刻，面對死亡，文學好像全然無力招架，死亡是滔天巨浪，文學的小舟在其間又怎能抵禦？

「文學算什麼？」我第一次問我自己。

文學，一向如此高華，如此美麗，而現實人生卻遍佈生命千瘡百孔的巨痛。而文學一旦面對巨痛，又能如何？我的一本小書是有意義的嗎？我在無人的長廊上垂淚。啊，如果文學笨拙到無法觸知死亡，如果文學碰不到人生最劇烈的悲情，則文學何益？出書何益？為書寫一篇小序又有何益？

然後，我回到「家屬等候區」，眾生悲苦的臉叢聚在那裡。我注意到有一個家族坐成一堆討論病情，大概因為家人都來了，便不得不把小孩也帶來。他們帶來的大約是個五歲的男孩。大人的臉一張張都枯索黯敗，孩子的臉卻光潔似月，兩眼閃爍如日頭。我被那張臉嚇了一跳，多日悲苦，幾乎忘了世上還有這樣一種幸福放光的臉龐。

小孩瞪著那雙晶灼好奇的眼睛，聽大人說話，表情在迷惑與了解之間。忽然，他很正經的發言了：

「媽！是阿公的病厲害？還是糖漿厲害？」

別人都不懂他說什麼？他的母親忍不住笑了，一面向家族成員解釋：

「他感冒，都是吃糖漿，他以為所有的藥都是糖漿。」

那麼，這隻小腦袋正在想一則很難解的問題——究竟常見的狀況是「藥到病除」？還是「藥石罔效」？

我呆看那孩子，他像另一種人類。其實世上並無「黑種人」「白種人」「黃種人」之分。要分，應分成不同程度的「光皮族」與「皺皮族」。這小男孩皮膚光瑩透紅，和病床上那些比枯葉比槁木更黑皺的膚表相較，兩者簡直好像各自屬於另一種生物。

在整個死亡的陰影裡，只有那孩子光潔的臉是一種救贖，他是新放下的一枚棋子，天機渾妙，可以挽回整盤棋的頹勢。

在巨大神祕的死亡面前，他的小腦袋　顯然太小，他提出的問題幾乎笨到令人發笑——可是他雙目炯炯，他在認真思索。

我忽然明白，那孩子恰如文學，在巨大的苦難面前顯得稚小蠢笨，說的話也莫名其妙，碰不到正題。可是他雙唇似花紅，目光如青電，給他一點時間，他未必沒有答案。

在生命的本體之前，「文學」能說的話無非也像童言，像夢話，破碎而不週全。但那半句童言細聽之下或者也隱藏幾許玄機吧？

我呆呆的看那孩子，看他賣力思索的表情（那表情，諸天都要敬畏），我想，在我和眾生的悲痛裡，能有這樣美好的孩子現身並前來救贖，真是上天的恩寵。

文學，仍是可加期待的。一本書，仍有它出航的必要，是為序。

曉　風

八十五年八月二十一日
於台北

女人，和她指甲刀

「要不要買一把小指甲刀？」張小泉剪刀很出名的，站在靈隱寺外，我躊躇，過去看看吧！好幾百年的老店呢！

果真不好，其實我早就料到，旅行在那個名叫赤縣神州的地方，你要把自己武裝好，以免因失望太多而生病。

回到旅館，我趕緊找出自己隨身帶的那隻指甲刀來剪指甲，雖然指甲並不長，但我急著重溫一下這把好指甲刀的感覺。

這指甲刀買了有十幾年了，日本製，在香港買的，約值二百台幣，當時倒是狠一下心才買的。用這麼貴的價錢買一隻小小的指甲刀，對我而言，是介乎奢華和犯罪之間的行為。

刀有個小紙盒，銀色，盒裡墊著藍色的假絲絨，刀是純鋼，造型利落乾淨。我愛死了它。

十幾年來，每個禮拜，或至多十天，我總會跟它見一次面，接受它的修剪。這種關係，也該算作親密了，想想看，十幾年吶——有好些婚姻都熬不了這麼久呢！

我當時為什麼下定決心要買這隻指甲刀呢？事情是這樣的，平常家裡大概總買十元一隻的指甲刀，古怪的是，幾乎隨買隨掉。等孩子長到自己會剪指甲年齡，情況更見嚴重，幾乎每週掉一隻，問丈夫，他說話簡直玄得像哲學，他說：「沒有掉，只是一時找不著了。」

我有時有點絕望，彷彿家裡出現了「神祕百慕達」，什麼東西都可以自動銷匿化煙。

幼小的時候看人家登離婚廣告，總是寫「我倆意見不合」，便以為夫妻吵架一定是由於「意見不合」。沒想到事情輪到自己頭上，全然不是那麼回事，我們每次吵架，原因都是「我倆意見相同」，關於掉指甲刀的事也不例外。

「我看一定是你用完就忘了，放在你自己的口袋裡了。」

每次我這樣說他的時候，他一定做出一副和我意見全然一致的表情：

「我看一定是你用完就忘了，放在你自己的口袋裡了。」

掉刀的事，終於還是不了了之。

我終於決定讓自己擁有一件「完完全全屬於我自己的東西」。

婚姻生活又可愛又可怕，它讓你和別人「共享」，「共享」的結果是：房子是二人的，電話是二人的，筷子是大家的，連感冒，也是有難同當。

唉！

我決定自救，我要去買一把指甲刀給自己，這指甲刀只屬於我，誰都不許用！以後你們要掉刀是你們的事！

我要保持我的指甲刀不掉。

這幾句話很簡單，但不知為什麼我每次企圖說服自己的時候，都有小小的罪咎感。還好，終於，有一天，我把自己說服了，把刀買了，並且鼓足勇氣向其他三口家人說明。

我珍愛我的指甲刀，它是我在婚姻生活裡唯一一項「私人財產」。

深夜，燈下，我剪自己的指甲，用自己的指甲刀，我覺得幸福。剪指甲的聲音柔和清脆，此刻我是我，既不妻，也不母，既不賢，也不良，我只是我。遠方，仍有一個天涯等我去行遍。

——原載84年5月22日中國時報《人間》副刊

你真好，你就像我少年伊辰（註）

她坐在淡金色的陽光裡，面前堆著的則是一朶濃金色的柑仔。是那種我最喜歡的圓緊飽甜的「草山桶柑」。而賣柑者向例好像都是些老婦人，老婦人又一向都有張風乾橘子似的臉。這樣一來，真讓人覺得她和柑仔有點什麼血緣關係似的，其實賣番薯的老人往往有點像番薯，賣花的小女孩不免有點像花蕾。

那是一條僻靜的山徑，我停車，蹲在路邊，跟她買了十斤柑仔。

找完了錢，看我把柑子放好，她朝我甜蜜溫婉地笑了起來——連她的笑也有蜜柑的味道——她說：

「啊，你這查某真好，我知，我看就知——」

我微笑，沒說話，生意人對顧客總有好話說，可是她仍抓住話題不放……

「你真好——你就像我少年伊辰一樣——」

我一面趕緊謙稱「沒有啦」，一面心裡暗暗好笑起來——奇怪啊，她和我，到底有什麼是一樣的呢？我在大學的講堂上教書，我出席國際學術會議，我駕著標緻的二〇五在山徑御風獨行。在台灣，在香港，在北京，我經過海關關口，關員總會抬起頭來說：「啊，你就是張曉風。」而她只是一個老婦人，坐在路邊，販賣她今晨剛摘下來的柑仔。她卻說，她和我是一樣的，她說得那樣安詳篤定，令我不得不相信。

轉過一個峰口，我把車停下來，望著層層山巒，慢慢反芻她的話，那袋柑仔個個沉實柔膩，我取了一個掂了掂。柑仔這種東西，連摸在手裡都有極好的感覺，彷彿它是一枚小型的液態的太陽，可食、可觸、可觀、可嗅。

不，我想，那老婦人，她不是說我們一樣，她是說，我很好，好到像她生命中最光華的那段時間一樣好。不管我們的社會地位有多大落差，在我們共同對著一堆金色柑仔的時候，她看出來了，她輕易就看出來了，我們的生命基本上是相同的。我們是不同的歌手，卻重複著生命本身相同的好旋律。

少年時的她是怎樣的？想來也是個一身精力，上得山下得海的女子吧？她背後山坡上的那片柑仔園，是她一寸寸拓出來的吧？那些柑仔樹，年年把柑仔像噴泉一樣從地心揮灑出來的，也是她當日一棵棵栽下去的吧？滿屋子活蹦亂跳的小孩，無疑也是她一手乳養大的？她想必有著滿滿實實的一生。而此刻，在冬日山徑的陽光下，她望見盛年的我向她走來購買一袋柑仔，她卻想賣給我她長長的一生，她和一整座山的齟齬和諒解，她的傷痕和她的結痂。

但她沒有說，她只是溫和地笑。她只是相信，山徑上恆有女子走過——跟她少年時一樣好的女子，那女子也會走出沉沉實實的一生。

我把柑仔擘開，把金船似的小瓣食了下去。柑仔甜而飽汁，我彷彿把老婦的讚許一同嚥下。我從山徑的童話中走過，我從煙嵐的奇遇中走過，我知道自己是個好女人——好到讓一個老婦想起她的少年，好到讓人想起汗水，想起困厄，想起歌，想起收穫，想起喧鬧而安靜的一生。

——原載84年5月29日中國時報《人間》副刊

註：伊辰，閩南語，「那個辰光（時候）」之意，有時也叫「伊辰哪」。

喂！外太空人，有閒再來坐

我常常在想，唉，不知那張ＣＤ現在怎麼樣了？那張鍍金的ＣＤ。什麼ＣＤ？誰唱的？不，不是流行歌曲的唱片，那時候是一九七七年，我不知道那時候有誰灌ＣＤ唱片。我說的那張ＣＤ是當年美國太空總署（NASA）出資灌製的。

一九七七年，八月二十日，轟然一聲，在加州的范德堡空軍基地，推進器把航海者二號（Voyager2）送進了太空，到現在，航海者二號還在太空裡翩翩散步呢！我說的那張ＣＤ，便藏在這艘船裡，是個搭便船的乘客。

一九七七年是什麼意思呢？有個朋友，他的女兒恰巧便在一九七七年八月二十日這天清晨呱呱墜地。而今年，那如花似玉的女兒進了大學一年級——我這樣說，你大概就懂一九七七年的意思了。

十八年來，請原諒我好奇心的毛病不時要發作一下。那張唱片至今也在太空裡飄呀飄的，飄了十八年，漸漸地離銀河系愈來愈遠了。當年假定的外太空聽眾，有誰聽過那張唱片嗎？聽過的傢伙，請記得給我打個電話。

選那一年發射，是美國科學界精打細算以後的決定。那一年碰上「五星聯珠」。也就是說，土星、木星、天王星、海王星加上地球全站成一排。這種機會三百多年才碰上一次，此刻發射太空飛船，可以一石四鳥，把其他四顆星上的資料一下子全照回地球來。

當時康乃爾大學有位沙岡教授（Corl Sagan）一向致力於太空科學推廣教育，他認為航海者二號趕在吉日良辰出門去攝影固然不錯。不過，天地玄黃，宇宙洪荒，焉知太空船在茫茫大化中走著晃著不會碰上什麼奇怪的生物呢？如果碰上了也算有緣，我們應該想個法子和他們互通聲氣一下。怎麼通呢？他們於是想了幾個辦法。

第一、是拍些地球圖片，其中包括萬里長城啦，中國餐館啦。

第二、是弄些音樂給太空生物聽聽，老外的音樂，是哪一首我不知道，老中的國樂，則是「高山流水」（哎呀，就是鍾子期聽到伯牙彈的那一種）。

第三、是錄一張ＣＤ唱片，包括六十五種地球語言，其中德語、法語、英語當然在內，屬於中國的語言居然一口氣塞了三個進去，分別是國語、粵語和閩南語。前兩者的話是這樣問的：

「太空朋友！你們都好嗎？我們都很想念你們！」

這段話當年是由一個可愛的、口齒稚拙的小孩說的。錄音的地點，則安排在康大校長室。

至於閩南語呢？哈！閩南語更可愛了，那段話是這樣講的：

「太空朋友！呷飽沒？有閒架擱（再）來坐！」

啊！翹首雲空，不知道何年何月何日，在何星何座，有何物親自來打開那太空船？當他拿起那六十五種人類的聲音，不知他聽得懂的是法文、西班牙文還是中文、日文？如果是中文，又是國語，粵語，或閩南語裡的哪一種呢？啊，這三種語言我都極愛，但願那生物，好好「聽CD，學中文」，我們有朝一日，就可以彼此對話了。

——不過，想想也要失笑，我總該先跟同公寓的人說一說「呷飽沒？」然後再去揣想那張CD的下場吧？

寂寞的「航海者二號」啊！但願你載去的那聲問候，早早碰到前來聆聽的那一位。

（本文資料蒙簡建堂博士提供並親為訂正，特此誌謝。）

——原載84年6月5日中國時報《人間》副刊

同巷人

巷子口住個老人，也許不怎麼老，弄不清楚。二十多年前我初來的時候他就是那張臉，現在好像也沒有添風加霜。但二十多年前我為什麼就認定他老呢？大概因為他長著兩道又長又白的眉毛吧？也許也不是，也許是因為那時候我才二十幾歲，只要看到四十歲的人，全都「一視同仁」，歸為老類。

我跟他從來也沒打過招呼，倒是起過一場小衝突。那天我停車，停在他家牆外，他出來干涉。下面便是我們的對話實錄：

「你不可以停這裡。」

「為什麼？」

「因為我們家有車要來。」

「你認為這個位子是你家的嗎？」

「不是。」

「不是你的，為什麼不准我停呢？」

「你停這裡，那我家的車要停哪裡？」

「可是，這是你家的停車位嗎？」

「不是。」

「不是你的，為什麼我不可以停？」

「你停這裡，那我家的車要停哪裡？」

這番對話反反覆覆說了大約七、八次，我簡直恐慌起來，唐代詩人形容愛情，曾寫下這樣纏綿悱惻的句子：

「天長地久有時盡，此恨綿綿無絕期。」

其實，那是胡說，天地都沒有了，人也化煙化塵了，「恨」，哪裡還能找得到它依附著身的所在呢？

其實說起來，數學才比較可怕，因為數學是「真理中的真理」。就算太陽熄了，月亮老了，銀河乾了，一加一等於二的道理是不能改的。而且，二十二除以七也是永遠除不完的，循環小數的可怕可畏便在這裡。真的，「天長地久有時盡，此『數』綿綿無絕期」。我跟那老人的對話，其可怕之處便在於是個生生不息的循環小數，可以永世永劫、地老天荒地演繹下去。

其實，我當時完全知道該怎麼做，我應該悍然把車停妥，然後砰一聲關上門，斬釘截鐵的對他說：

「你家的車要停到哪裡？我管你去死！你大爺自家有停車位，你就去神氣！你沒停車位，你就大街小巷慢慢找去吧，關我何事？這位子先到先停，我停定了！」

無奈我可恨的教養又使我嚅嚅囁囁不能出口罵一個老人，想好好溝通又立刻陷入對方可怕的邏輯裡。算了，我認栽，我走，我不是怕他，我怕循環小數，我怕地老天荒。

這事就這樣過去了，歲月悠悠，一年後；我看到他家門口貼出「嚴制」的白紙條。誰死了？大概就是他吧？而人死了，門口不免搭起棚子，吹吹打打，於是巷頭巷尾又被喪家攔起，車子又不能停了。

我終於明白，都市鄰居，二、三十年混下來，其實也只講得上一、二次話罷了。而這所謂的一、二次，居然還包括爭吵。

好在一年前的那一次，我沒有跟他扯破臉，人生苦短，宇宙浩渺，「讓他一（車）位又何妨」。也許那天他遠方的兒子或女兒來看他，他才緊張兮兮的預留車位吧。

繞過喪棚，我把車子停到隔壁巷子去。法事正鑼鼓喧天，師公踢翻小火爐，只見滿地紅炭亂滾，在夜色中閃著詭異的微光。爐上燉著的藥罐子也噹啷一聲，砸得粉碎。據說，如此便意味著和藥罐終於告別了，從此得大自在之軀。

天色愈來愈黑，冥紙轟然的燄光中，不知怎的，那張寫著「嚴制」兩字的白紙，竟微微泛起柔和的淺紅色來，彷彿在辦一場喜喪。

——原載84年6月12日中國時報《人間》副刊

我是擁有一枚柿子的柿長

你決定做個「強人」或「女強人」嗎？我沒有。雖然，另一方面，我倒也並沒有決定做個「弱人」。

既然不打算做強人，大概就已經放棄了「主動攻擊」的生存架式，於是，很快的，便發現自己已淪落為「招架者」了。但招架又談何容易，至少也要招得住才行啊！也要抵抗得有模有樣才像話啊！否則一旦潰不成軍，就混不下去了。

記得《天龍八部》裡的段譽嗎？他對武功一竅不通，卻經過特別管道，學會了如何遊走閃避。大凡一般武林高手行走江湖之際，都難免帶傷掛彩，可是，如果一旦知道如何走避，則終身安吉。

不要告訴我逃避是「阿Q精神」，我就是靠這種種「抵禦外侮」的伎倆，才安然無恙活到今天的，以下且公布一招半式，以供同道參考：

話說我家門口有個小公園，裡面有幾棵榕樹、幾把椅子、一座滑梯，雖不怎麼像樣，勉強也算有幾片綠葉可瞧。不料一逢選舉，簡直成了災禍之源，尤其是××黨的，每次政見發表總要從六點鬧到十一點，儘管台下只小貓三兩隻，他們仍靠著現代科技，聲動數條街。我把門窗嚴閉，播放自己的音樂，仍抵擋不住。後來只好強自鎮定，正襟危坐。不幸自己的浩然之氣並未養足，擋不住魔音來入耳。不料，正當此際，我忽然發現了一枚柿子。那柿子我放客廳也有十天了，說起這柿子，也是有來歷的。那是個假日，朋友開車帶我去北埔玩，北埔在竹東，是個客家鄉。朋友畫畫，因而和那裡做畫框的佘先生熟，便相約去他家採柑子，中午吃「放山雞」煨煮的四神甜湯。我比較沒出息，偏偏愛上他們的旱稻米，抱了二十斤回台北，賣米的是佘先生的親戚，他說：

「從台北來這裡買米？我沒見過！」

那天帶回來的東西裡，我最喜歡的是二枚柿子，那柿子長在山徑旁的樹上，是碩果僅存的兩枚。佘先生聽我讚嘆，便猴子一般猱升而上為我採下。我真是樂歪了，市面上雖然也賣那一百元一粒的日本箱根柿子，但怎敵這枚朋友的朋友為我採下的枝頭柿子。柿子採回來，連著幹，斜插在客廳的一隻綠釉老甕裡，顯得紅艷欲滴。每次出出入入只見一團喜氣盈眉逼眼而來。

被音量襲擊的那個晚上，柿子成了我的救生浮板，我虔誠的面柿而坐，對它的美致敬。然後，誠心誠意，一點點撕下它的薄皮，柿肉綿軟甜潤，一口咬下去，整個客家鄉的美麗山容都重現了。附帶重現的是那些人、那些樹、那些如燈籠的垂垂白柚，以及芳香襲人的野桔醬。

我因一枚完美的柿子而感恩、而愛上整個島，愛上整個人群。我因擁有一枚山野採來的柿子而自認是個幸福的人。

靠著這分幸福感，我逃開了那夜聲浪的迫害，重新撿回半條性命，重新和這個擾攘的塵世打成平手。

我覺得，是山救了我，山把它自己的美，凝聚成一枚小小的柿子，藏身在我家客廳裡，成了我的祕密保鑣，在我和世局相爭快要不支的時候，它用它的雅美芳醇救了我。

我是那擁有一枚柿子的柿長，不必經過任何人投票，我本然就是。

——原載84年6月19日中國時報《人間》副刊

雖然，五公尺之外便有人

我曾經過某隧道，每週一次，由於上課。課很好，因為是好學校，好課目，加上好學生。一切都很好。

隧道也很好，幾乎是冬暖夏涼。冬天經過，像是忽然之間把整座山當作了自己的蝸殼，暫時又恢復了太古時期穴居野處的歡悅。洞窟如子宮，投身其間，人人盡成赤子。夏天，隧道中則沁沁生涼，山骨石髓間彷彿有冰洋湧至，眼望著洞外豔陽嚴酷的逼視，簡直不能相信自己身在冰原的幸福。

然而，這種快樂，等走到隧道中段，碰到涵洞位置的時候，便結束了。

台北，是我一生一世的城，年輕人走過這城，他們只看到車陣如流水，玻璃帷幕的高樓層層矗立如荒涼的巨碑。然而我卻看到這城市交疊呈現的昔日，我看到十年前愛國西路茄冬樹上的野鳥，我看到二十年前新生南路的深深垂柳，我遙望三十年前淡水河的浩浩煙波，以及四十年前基隆河的緩緩清流。

我在那隧道的涵洞中看到什麼呢？我看到一女子遭人姦殺而死。

事情已經過去多年了。但我每經過這裡，仍覺陰慘。倒不是因為我有什麼靈異感應，而是因為那則新聞不容易忘記。

多年前了，那時隧道新通車不久吧？深夜，有一輛計程車在燈紅酒綠的處所載了一名女子回家。既然是歡場女子，那司機認為性騷擾一下也無妨。殊不知此類女子一離開上班處所，往往自尊心便極端強烈。而她唯一可以刀來劍去的報復方法便是用火毒火辣的話去侮罵男人的性能力。這一招極有效，男子激怒，當時車正經過這隧道，他竟把車開入涵洞，進行強暴。女子仍怒罵不絕，司機順手折了根雨傘骨，插入她咽喉，她就死了。

那晚的隧道中也有車輛絡繹經過，但單向筆直的隧道是停不下車來的。五十、六十、或七十、八十，這種車速適於一雙冷峻、不旁顧的眼，哪裡容得你下車去瞧一眼涵洞裡的罪行？如果那晚驅車經過的是我，我也一樣絕塵而去。像瞎子，看不見需要救助的垂死女子。而且聽不見那聲嘶力竭的呼救，像聾子。

這是一個速度的世界，而速度，竟是和關懷相沖相剋的。步履匆匆的人就算心懷慈悲也付不出關懷。關懷，是一步一回頭的趑趄，是往返逡巡不忍離去的戀戀目光。

啊，我能降速嗎？我的時代能降速嗎？今天這時代還有人能像故事裡的俠義男子，肯一步一步護送一個弱女子走一趟千里長路嗎？今天還有人肯坐在橋頭，一個凌晨復一個凌晨，意圖教誨一個看來可堪造就的少年嗎？啊，我是在發譫語吧？

長夏，隧道幽幽邃邃，有如長管狀的曼陀羅花，又如生死之間的甬道。想起那女子之死，想起她臨終之際瞳仁中火速消逝的眾車燈，她一定心有不甘吧。五公尺之外便有「人」，但沒有一個「人」可以救她，想起這一切，雖然事隔二十年，也依然是令人的一顆心要惻惻而痛的啊！

——原載84年6月26日中國時報《人間》副刊

粉紅色的挑髮針

年輕的女孩向我形容一件不堪的事，她說：

「你想想看，簡直不能忍受，我看過一個媽媽，她為自己的小女兒梳頭，居然用原子筆來挑分中線，劃得那道頭皮一線深藍，長大以後也不知洗不洗得掉呢！」

「哎，這種懶婆娘！」我咬咬牙：「她就算再懶，至少也該找根用乾了的沒有水的原子筆來做這件事吧？這樣，弄得像『頭皮刺青』，怪可怕的！」

當年，蔡孑民先生曾打算用「美學教育」來代替宗教。「美學」至今在哪裡？我不知道。我只知道，我們上自總統下至市長、校長，乃至那位粗心大意的母親，全在聯手進行「醜學」教育。而一切醜，都奠基於潦草大意，漫不經心。所以，你會看到總統府，居然會在紅磚外層塗漆，你會看到陳市長解決舊市府的妙策竟是把它一劃為二，分交兩個不相干的團體。（早年的某市長更厲害，古蹟城牆，先拆再說，打死豬仔問價錢，你能把我怎麼樣？）至於各大中小學校校園，你可以看到貼滿馬賽克的雜亂建築，這種校園建築如果不漏不滲已經就夠幸運了，誰還管什麼和傳統舊建築之間的搭配。

美，是有系統的，慎重謹敬的、有脈絡有緣故的，醜卻草率邋遢，自暴自棄。雖然有時美偽裝得像後者，但其實不然，美的大自在來自「從心所欲不踰矩」的素養，而非邋遢。

聽年輕女孩說「藍頭皮事件」，我忽然心念一動，說：

「啊，我給你看件東西。你看你能認得出來是個什麼嗎？」

女孩把東西接過手去，左瞧右瞧，答不上話來。那東西形狀像毛線針，卻短些，大約不足二十公分，一頭稍粗，一頭偏細，顏色介乎橙紅與粉紅之間，因為染得不均勻，看來反而完全像珊瑚，其實卻是牛骨。

說來也是湊巧，那天我剛好從南部探望父母回來，回來時，跟母親討得這東西。它是我幼小時慣見的、母親分頭髮用的挑髮針。記得她梳好頭，打正中間一挑，一根筆直的髮線就出現了。盛年時期的母親，總是有一頭烏髮需要挑分兩邊。那時代的美人流行髮梳左右，額頭正中間則有一點美麗的桃花尖——啊，那個婉約多姿的時代。

想起來了，好像連我梳辮子也是用這根針分線的。但因為我自己看不見自己當時被挑頭髮的神情，所以記憶裡全是母親的表情。每次，她梳好頭，總非常慎重的向紅木框的鏡子更靠近一點。她的上身前傾，她的目光莊凝，珊瑚髮針對準黑髮中劃過，劃出一道「髮之絲路」——！啊，我為什麼對這些小節記得那麼清楚？我想是那個敬慎悠遠的眼神令我懍然。

年輕女孩對挑髮針十分驚訝，如見一件骨董。然而，只有我知道，在「珊瑚色的牛骨髮針」和「草率的原子筆」之間，我們的時代究竟虧累了多少美麗審慎的心情。

——原載84年7月3日中國時報《人間》副刊

不朽的失眠
——寫給沒考好的考生

他落榜了！一千二百年前。榜紙那麼大那麼長，然而，就是沒有他的名字。啊！竟單單容不下他的名字「張繼」那兩個字。

考中的人，姓名一筆一劃寫在榜單上，天下皆知。奇怪的是，在他的感覺裡，考不上，才更是天下皆知，這件事，令他羞慚沮喪。

離開京城吧！議好了價，他踏上小舟。本來預期的情節不是這樣的，本來也許有插花遊街、馬蹄輕疾的風流，有衣錦還鄉袍笏加身的榮耀。然而，寒窗十年，雖有他的懸樑刺股，瓊林宴上，卻並沒有他的一角席次。

船行似風。

江楓如火，在岸上舉著冷冷的爝焰，這天黃昏，船，來到了蘇州。但，這美麗的古城，對張繼而言，也無非是另一個觸動愁情的地方。

如果說白天有什麼該做的事，對一個讀書人而言，就是讀書吧！夜晚呢？夜晚該睡覺以便養足精神第二天再讀。然而，今夜是一個憂傷的夜晚。今夜，在異鄉，在江畔，在秋冷雁高的季節，容許一個落魄的士子放肆他的憂傷。江水，可以無限度的收納古往今來一切不順遂之人的淚水。

這樣的夜晚，殘酷的坐著，親自聽自己的心正被什麼東西嚙食而一分一分消失的聲音。並且眼睜睜地看自己的生命如勁風中的殘燈，所有的力氣都花在抗拒，油快盡了，微火每一剎那都可能熄滅。然而，可恨的是，終其一生，它都不曾華美燦爛過啊！

江水睡了，船睡了，船家睡了，岸上的人也睡了。唯有他，張繼，醒著，夜愈深，愈清醒，清醒如敗葉落餘的枯樹，似樑燕飛去的空巢。

起先，是睡眠排拒了他（也罷，這半生，不是處處都遭排拒嗎？）而後，是他在賭氣，好，無眠就無眠，長夜獨醒，就乾脆徹底來為自己驗傷，有何不可？

月亮西斜了，一副意興闌珊的樣子。有鳥啼，粗嗄嘶啞，是烏鴉。那月亮被牠一聲聲叫得更黯淡了。江岸上，想已霜結千草。夜空裡，星子亦如清霜，一粒粒冷絕淒絕。

在鬢角在眉梢，他感覺，似乎也森然生涼，那陰陰不懷好意的涼氣啊，正等待凝成早秋的霜花，來貼綴他慘綠少年的容顏。

江上漁火二三，他們在幹什麼？在捕魚吧？或者，蝦？他們也會有撒空網的時候嗎？世路艱辛啊！即使瀟灑的捕魚人，也不免投身在風波裡吧？

然而，能辛苦工作，也是一項幸福呢！今夜，月自光其光，霜自冷其冷，安心的人在安眠，工作的人去工作。只有我張繼，是天不管地不收的一個，是既沒有權利去工作，也沒福氣去睡眠的一個……。

鐘聲響了，這奇怪的深夜的寒山寺鐘聲。一般寺廟，都是暮鼓晨鐘，寒山寺卻敲「夜半鐘」，用以警世。鐘聲貼著水面傳來，在別人，那聲音只是睡夢中模糊的襯底音樂。在他，卻一記一記都撞擊在心坎上，正中要害。鐘聲那麼美麗，但鐘自己到底是痛還是不痛呢？

既然無眠，他推枕而起，摸黑寫下「楓橋夜泊」四字。然後，就把其餘二十八個字照抄下來。我說「照抄」，是因為那二十八個字在他心底已像白牆上的黑字一樣分明凸顯：

月落烏啼霜滿天
江楓漁火對愁眠
姑蘇城外寒山寺
夜半鐘聲到客船

感謝上蒼，如果沒有落第的張繼，詩的歷史上便少了一首好詩，我們的某一種心情，就沒有人來為我們一語道破。

一千二百年過去了，那張長長的榜單上（就是張繼擠不進去的那紙金榜）曾經出現過的狀元是誰？哈！誰管他是誰？真正被記得的名字是「落第者張繼」。有人會記得那一屆狀元披紅遊街的盛景嗎？不！我們只記得秋夜的客船上那個失意的人，以及他那場不朽的失眠。

——原載84年7月10日中國時報《人間》副刊

光采男子

我不見那人，算來居然也有十幾年了。有天開車，在收音機裡偶然收到他的聲音，他正在接受女記者的採訪。哈！我想，雖然是在收音機裡，我也能想像他正在努力漂亮著的那番風采。

所謂風采男人，大概包括五官、身材、談吐、穿著品味、高學歷和江湖上（「學術江湖」或「政壇江湖」）的響亮名頭。以上條件，此人算是約略具備了，雖然每一項都未必是上選。

我和他不熟，偶爾碰見，總是在他人邀請的集會上。此外，他請過我作一場演講。可是，有一天午夜時分，我遇見他，在一家小餐廳。那地方很多人喜歡去吃消夜，我和家人這天也去享受一下江米藕和清蒸臭豆腐的滋味。

正忙著點菜上菜，他走過來，原來當晚他也在這家餐廳裡，我站起身來要跟他「打個招呼」，才發現他的臉——哦，不，他不是過來跟我打招呼的，他有驚天動地的話要說。他醉了，至少是半醉。他的手裡猶自端著一杯酒，他大概不是一個人來喝悶酒的，那跟他的個性不合，那麼他一定有一桌朋友坐在餐廳某一角落。是哪一桌？我不確定，我只知道他的異常落寞的臉正期待傾訴。那麼，他為什麼不跟他同桌的朋友去說，卻急急的跑到我的桌上來呢？

「你知道嗎？」他俯身向我的座位，「今天一大早，我接到我女兒的長途電話，從紐約打來的。——你知道她要告訴我什麼嗎？我的女兒——」

「哦——」我回答，我不知道該說什麼，不過，我知道，這場面，他所需求於我的，大概就是我什麼都不必說吧！我知道他離了婚，女兒和母親同住。他在台北的高身價和這身分也有關係吧！

「我女兒說：『爸爸！你知道嗎？我來了月經了』。我說：『好啊，女兒，恭喜妳，妳現在算是個小女人了！』你看，我的女兒，她居然月經來了——。」

我有點明白了。我猜，他那桌上的朋友，大概都是些男人，他無從跟他們開口。

「恭喜你了，」我說：「女兒長大了呢！」

我的恭喜不是假意，但也並不全然真實，我的女兒也在那時候初潮。我知道那欣喜中嗒然若失的空虛感覺。更何況，他失去了整個和孩子相共的成長歷程。而且，那時機一旦失去，就永遠不會再回來。這一點，他知道，我也知道。

繁燈的夜晚，有多少權傾一時或風華傾一座光采男子，各嚥其欲吐難吐的悲情，各忍其欲淚無淚的哽咽。

那以後我一直未見他。每次想起，別的事全忘了，單只記得酒杯後那張悲苦落寞的臉、飄浮在城市喧囂的燈影裡。而那晚我竟曾附和他，向他恭喜。

我猜他自己已忘記那晚的事，我相信他之所以還能活得光鮮耀目，活蹦亂跳，很可能就是由於第二天一早起來，便已忘記前晚他自己的臉——不對，他那晚其實根本未曾看見他自己的臉，他的臉剛好長在他目光不及之處。連「忘記」的手續都不必了，他壓根兒不相信自己的臉除了一向自信的微笑外，還可以悲苦沮喪。

他是幸運的。或許。

記得那張酸楚的臉的人，其實是我。

——原載84年7月17日中國時報《人間》副刊

我家獨製的太陽水

六月盛夏，我去高雄演講。一樹一樹阿勃拉的豔黃花串如同中了點金術，令城市燦碧生輝。

講完了，我再南下，去看我遠居在屏東的雙親。母親八十、父親九十一，照中國人的說法是九十二。何況他的生日是正月初七，真的是每年都活得足足的，很夠本。我對他的年齡充滿敬意。在我看來，他長壽，完全是因為他十分收斂的在用他的「生命配額」的緣故（「配額」是外貿方面的術語，指一個廠商從政府得到的營業限量）。

依照中國民間流傳的說法，一個人一生的「福祿資源」是有其定量的。你如果浪費成性，把該吃的米糧提早吃完，司掌生死簿的那一位，也就只好開除你的「人籍」了。

我的父親不然，他喝酒，以一小杯為度。他吃飯，食不厭粗。一件草綠色的軍背心，他可以穿到破了補，補了又加補的程度。「治裝費」對他來說是個離奇不可思議的字眼。事實上他離開軍旅生涯已經四十年了，那些衣服仍穿不完的穿著，真穿成爛布的時候，他又央求媽媽車成抹布來用。

我算是個有環保概念的人，但和父親一比，就十分慚愧。我的概念全是「學而知之」，是思考以後的道德決定。我其實喜歡冷氣，喜歡發光的進口石材鋪成的地面，喜歡華貴的地毯和獸皮，喜歡紅豔的葡萄酒盛在高腳水晶杯裡……，我之選擇簡樸是因為逃避，逃避不該有的墮落與奢華。但父親，出生於農家的父親，他天生就環保，他是「生而知之」的環保人士。

回到家裡，曬衣繩上到處都有父親三、四十年來手製的衣架。衣架製法簡單，找根一、二公分寬的竹條，裁作三、四十公分長的竹段，中間打一個小洞，穿過鐵絲，鐵絲扭作S形，就可以掛衣服了。

父親的藏書也離奇，他不買精裝書，只買平裝書。他認為國人的精裝書多半是「假精裝」，只是把硬紙黏貼在書外面而已（後來，有出版界的朋友告訴我，的確如此）。勤看書的人只消一個禮拜就可以讓它皮肉分家。父親的書，他真看（不像我，我早年見書就買，買了就亂堆，至於看不看，那又是另外一件事）。他保護書的方法是把書一買來就加道裝釘手續。他用線裝書的方法，每本書都鑽四、五個孔，再用細線縫過。他的辦法也的確有用，三十年後，竟沒有一本書脫線掉頁的。

我偷了父親一本《唐詩三百首》，放在我自己的書架上。其實這本書我已經有好幾個不同的版本了，何必又去偷父親的？只因那本書父親買了五十年，他用一張牛皮紙包好，我打開來一看，原來那是一個拆開的大信封的反面，大信封的正面看得出來寫的是在南京的地址，那時候，父親是聯勤總部的一個副處長。老一輩的人惜物至此，令我覺得那張黃舊的包書紙比書裡的三百首詩還有意思。

夏天，父親另有一項勞己利人的活動。他拿六七隻大鋁壺接滿水，放在院子裡曬。到下午，等小孩放學以後，那便是我家獨製的「太陽水」，可以用來洗澡。至於那些大壺也不是花錢另買的，而是歷年囤積的破壺。那年代沒有不鏽鋼壺，只有鋁壺，南部水硬，壺底常結鹼，壺的損壞率很高。壺漏了，粘補一下，煮水不行，曬水倒可以。可惜父親三年前跌了一跤，太陽水就沒人負責製造了，我多麼懷念那溫暖如血液般的太陽水，如果有人告訴我洗了太陽水包治百病，我也是相信的啊！

父親年輕時唸師範，以後從軍，軍校六期畢業，也曾短期赴美，退役的時候是步兵學校副校長，官階是陸軍少將，總算也是個人物了。但他真正令我佩服的全然不是那些頭銜，而是他和物質之間那種簡單素樸的疼惜珍重。

我把他的高統馬靴偷帶回台北。馬靴，是父親五十年前騎馬時用的。那馬靴早已經僵硬脆裂，不堪穿用了。但我要留著它，我要學會珍惜父親的珍惜。

——原載84年7月24日中國時報《人間》副刊

被憂傷的眼神凝視過的絲繭

筆記小說上記載了一條古怪的故事，我且用白話文轉述如下：

蔡邕，有一天在街上看到一種奇怪的絲繭，就用高價買下，帶回家來。一般的蠶繭，形狀如飽滿圓熟的橄欖，這種繭卻長得像一個女子，一個憂傷愁慘的女子。繭其實沒有頸、臉、手、腳，更沒有耳目五官，你其實說不出來它什麼部分像一個女子，更說不出哪一部分像一個憂愁陰悒的女子。但不知為什麼，人人看了那繭就不約而同的想到苦愁的女子。

蔡邕把繭繅成了絲，製作琴絃，琴聲淒苦哀慟，彷彿那絲弦裡自有無限哀情，只等彈琴人的手指一觸，它便自動釋放出來，釋放出那種哀婉淒絕的傷痛。精通音律的蔡邕一時也呆住了，世上為何竟有這等絲弦？

蔡邕去問他的女兒蔡琰，從九歲開始，她就是父親在音樂方面的小小知音，她是一個妙通音律的女子。蔡琰聽了琴音，眉睫間閃起盈盈淚光，俯首良久，她嘆了一口氣，向蔡邕解釋：

「這是一種特別的絲，叫『寡女絲』。一般人養蠶，在最後階段，蠶要結繭的時候，都盡量不去打擾它，甚至不走近牠們，免得牠們受影響。可是，偶然還是有意外的旁觀者，譬如說，房子的牆上有個小洞，小洞那邊的鄰居是一個深夜中因悲傷而難以成眠的寡女，寡女從壁孔中看那些蠶一一作繭自縛。

第二天一早，這些繭都結好了，但它們的外形看起來，都像那中宵不寐的靜坐女子，這種絲，本質上已成為憂傷的絲了。

而它的名字，就叫『寡女絲』。」

故事到此為止，我不知道那寡女絲，後世是否曾經再出現過？世間果真有一種本身就淒惶傷悒的絲嗎？為什麼古人會有這樣的信仰？他們竟相信，一個真正憂傷的凝視眼神，就可以像遺傳基因一樣，徹底改變整個絲的內在本質？

當然，所有的故事都是不宜深究的，但我仍好奇，難道「寡女絲」在漢代以前的歷史上常出現嗎？蔡琰雖是淹雅的女學人，也必須讀到檔案資料，才看得出其中的玄機呀！如果真的常出現，天啊，為什麼有那麼多寡婦呢？

而且，寡婦為什麼一定是悲愁失眠的呢？她的日子應該過得更累更艱苦，所以睡起覺來應該更為沉熟才對。

更奇怪的是，為什麼偏巧不巧的，寡婦的牆上總有一個有意無意間戳出的小洞呢？這洞其實也不太小，因為要看清楚一片養蠶的景像，直徑也得要零點七公分呀，那麼大的洞，為什麼不會給人發現呢？是不是需要特製一種小泥棒，白天塞住，以免太昭彰？

窺視的行為，在古人是不是不算太敗德？窗紙，好像天生就該讓人舔破的，泥牆呢？活該讓人挖洞。中國人之所以需要高牆，甚至需要萬里長城，恐怕也是因為幾千年來給人偷看怕了。

還有一項我想不通的，偷看和偷聽，一般是針對跟性有關的活動（張愛玲的《秧歌》寫的是五十年前的事，其中仍提到鄉人此項癖好），但，蠶寶寶有什麼好看？看牠們交配嗎？但牠們在幼蟲時期好像也不交配吧？喜歡找象徵的人也許會從蠶的形狀，蠶的蠕動，蠶的驚人的食量和牠短暫的生命週期得到一堆驚喜的和性有關的證據。但就算如此，這位寡女的反應也該是興奮而不是憂傷啊！

看來這故事不太合理，而且，多少有一點「寡婦歧視」。甚至作者還把它栽贓到蔡邕父女頭上，這蔡邕也是生來命苦，琵琶記的負心故事也扯到他身上來。

不過，以上所說全是一個現代「愛疑成病的讀者」的觀點。其實，撇開這些不談，我倒希望世上有這種蠶繭，我想去看看它那奇特的如憂愁女子的形狀，更想聽聽那觸手成哀的絲弦顫音，真的。

——原載84年7月31日中國時報《人間》副刊

唐代最幼小的女詩人

她的名字？哦，不，她沒有名字。我在翻全唐詩的時候遇見她，她躲在不起眼的角落，小小一行。

然而，詩人是不需要名字的，〈擊壤歌〉是誰寫的？哪有什麼重要？「關關雎鳩」的和鳴至今回響，任何學者想為那首詩找作者，都只是徒勞無功罷了。

也許出於編撰者的好習慣，她勉強也有個名字。在全唐詩二千二百個作者群裡，她有一個可以辨識的記號，她叫「七歲女子」。

七歲，就會寫詩，當然很天才，但這種天才，不止她一個人，有一個叫駱賓王的，也是個小天才，他七歲那年寫了一首詠鵝的詩，很傳誦一時：

鵝　鵝　鵝
曲項向天歌

白毛浮綠水
紅掌撥清波

駱賓王後來列名初唐四傑，算是混出名堂的詩人。但這號稱「七歲女子」的女孩，卻再沒有人提起她，她也沒有第二首詩傳世。

幾年前，我因提倡「小學生讀古典詩」，被國立編譯館點名為編輯委員，負責編寫給國小孩子讀的古詩。我既然自己點了火，想脫逃也覺不好意思，只好硬著頭皮每週一次去上工。

開編輯會的時候，我堅持要選這個小女孩的詩，其他委員倒也很快就同意了。全唐詩四萬八千首，全宋詩更超越此數，中國古典詩白紙黑字印出來的，我粗估也有三十萬首以上（幸虧，有些人的詩作亡佚消失了，像宋代的楊萬里，他本來一口氣便寫了二萬多首，要是人人像他，並且都不失傳，豈不累死後學），在如此豐富的詩歌園林裡無論怎樣攀折，都輪不到這朵小花吧？

但其他委員之所以同意我，想來也是驚訝疼惜作者的幼慧吧？最近這本書正式出版，我把自己為小孩寫的這首詩的賞析錄在此處，聊以表示我對一個女子在妻職母職中逝去的天才的哀惋和敬意。

大殿上，武則天女皇帝面向南方而坐，她的衣服華麗，如同垂天的雲霞，她的眉眼輕揚，威風凜凜。

遠遠有個小女孩走進大殿上，她很小，才七歲，大概事先有人教過她，她現在正規規矩矩低著頭，小心的往前走去。比起京城一帶的小孩，她的皮膚顯得黑多了，而且黑裡透紅，光澤如綢緞，又好像剛才游完泳，才從水裡爬上來似的。

女皇帝臉上露出微笑，她想：這個可愛的，來自廣東的南方小孩，我倒要來試試她。中國土地這麼大，江山如此美麗，每一個遙遠的角落裡，都可能產生了不起的天才。

「聽說你是個小天才呢！那麼，吟一首詩，你會不會？我來給你出個題目——『送兄』，好不好？」

女孩立刻用清楚甜脆的聲音吟出她的詩來：

送兄

別路雲初起

離亭葉正飛

所嗟人異雁

不作一行歸

翻成白話就是這樣：

「哥哥啊！
這就是我們要分手的大路了
雲彩飛起
路邊有供旅人休息送別的涼亭
亭外，是秋葉在飄墜
而我最悲傷嘆息的就是
人，為什麼不能像天上的大雁呢
大雁哥哥和大雁妹妹總是排得整整齊齊
一同飛回家去的啊！」

女皇帝一時有點呆住了，在那麼遙遠的南方，也有這樣出口成章的小小才女，真是難得啊！於是她把小女孩叫到身邊來，輕輕握住小女孩的手，仔細看小女孩天真卻充滿智慧才思的眼睛，她彷彿看到一個活潑的、向前的，而又光華燦爛的盛唐時代即將來臨。

——原載84年8月7日中國時報《人間》副刊

「反正，都是他家的分數！」

事情，已經過去三十年了。如果把它當法律事件來看，也已經過了追訴期了。

罪行——如果說那是罪行的話——是由犯罪者自己招供出來的（不，也許不是「招供」，他說的時候，顯然是在傳述一件洋洋自得的往事）。時間，是在茶餘飯後，聽的人似乎也都被那故事適度的取悅了。

那時候，他剛教書，班上有兩個學生是「班對」，不是普通班對，他們已經結了婚，卻不好意思讓同學知道，連進教室都故意不走在一起。那兩人裡面，女生比較穎慧，每科平均大約七、八十分，男生魯鈍些，勉強混到及格邊緣。

那一年，大考成績改出來。他發現，女生八十出頭，男生呢，才四十幾。他為難起來，如果照實登記下去，第一，那男生死當。而且，他別科當不當，還不知道，如果當多了，他就得退學了。第二，如果他重修或退學，他們倆的婚姻想必出問題。設若兩人不同校不同系，你還可以推說教授心理變態，逼人太甚。但他們兩人讀的同一學校、同一科系、同一班級。丈夫退學，妻子還會瞧得起他嗎？如果做妻子的一怒之下和他離了婚，一段姻緣不就拆散了嗎？拆散之後那男生雖可憐，那女生也不見得快樂啊！

唉！難啊！他想來想去，不知該不該把分數照實寫下去。

後來，他忽然靈機一動。咦，反正那女生考得高，何不向她挪個十幾分過來，兩人分數就一樣了。反正都是他們家的分數嘛！又沒跑到別人家去，加來減去，還不都是他們一家的事。所以，他就這麼做了。所以，他們兩個都得了個六十出頭的分數。

事後，他很得意──你看，事情解決得多美滿！小倆口的婚姻保住了，而且，這做老師的也沒胡亂放水，他是「調分數」而不是「送分數」。

說話的教授年齡不到六十歲，人，一向也算是個謙和仁厚的君子。他做那件事的時候，年齡大約不到三十。那年齡，不但分明不老朽，而且是個不折不扣的少壯派，少壯的講師對分數，竟也是這樣看待的嗎？

但舉座稱善，號曰古今妙判。唯我獨自嘿然不語。

我在想，如果我是那女生，如果我在許多年後知道了事件的真相，我會怎麼辦？我想我會逕自走過去，找那位老師理論：

「老師，你錯了。重修、補考和退學，本來就是屬於『學術品管』的一套制度，在可能限度內我們都該尊重它。你如果要給考四十九分的學生加一分，以便他有機會補考，我也沒話說。但你無緣無故加一個學生十多分，已屬『職業犯罪』，你又無緣無故減一個學生十多分，這更是離奇的偷竊！如果分數是財產，這財產也該是夫妻分產的，你不能進行『劫富濟貧』的勾當。否則，男孩可以用分數救他的女朋友嗎？姐姐可以施幾分給妹妹嗎？」

「至於你為我好，想成全我的婚姻，也大可不必，我有權利知道真相。至於我會不會因為他比我笨而選擇離開他，這件事，留給我自己去傷腦筋，好嗎？」

——原載84年8月14日中國時報《人間》副刊

請來與我同座，那彈琵琶的女子

——抵抗塞車三招

「自己開車，那好，那方便。」

每次有人對我這麼說，我就苦笑。開車方便，對，但只限於「方便的時候」才方便！一旦碰上「不方便的時候」，你真恨不得毀車而去。這才想起北歐神話裡有些技藝特巧的侏儒，他們製造的戰艦，不用的時候竟可以摺成火柴盒大小。人家北歐說故事的人早想到了，我們現代的汽車製造廠怎麼這麼笨！

每次陷在車陣裡，我就反覆對自己說：

「喂，你這個倒楣的傢伙，你已經夠倒楣了，千萬別生氣喔！你一旦生了氣，那就形成二次傷害，那叫『禍不單行』，那你就更倒楣了！」

雖然如此，這番金玉良言居然言者諄諄、聽者藐藐，最佳狀況也無非把「咬牙切齒」換成「暗生悶氣」罷了。以上是我抵抗塞車的第一招。

有時候，也很想打個電話告訴市長大人說：

「喂，阿扁，你知道嗎？我是個模範市民，雖然沒辦法湊合你，做到你所許諾的『希望、快樂』，但我一定混個五十分，例如『在失望的時候努力快樂』，並且『在不快樂之際致力於擁抱希望。』」以上是抵抗塞車第二招——但阿Q式的幽默感也有不靈的時候，所以我還有第三招伺候。這第三招叫「遁身唐宋」。

什麼叫遁身唐宋呢？那便是使些法術，跟白居易或蘇東坡打個長途大哥大。只要我喃喃唸起〈琵琶行〉：

「潯陽江頭夜送客，楓葉荻花秋瑟瑟……醉不成歡慘將別，別時茫茫江浸月……。」

立刻喇叭聲，油煙味一一退避三舍。長安古城安然歸來，那穿著血色羅裙的妙齡女子揮手彈她美妙的琵琶。

而「春江潮水連海平，海上明月共潮生，灩灩隨波千萬里，何處春江無月明……。」也讓我癡癡的跟著那片月光走，一路走到大海之上，和寫〈春江花月夜〉的詩人張若虛一起。

……江天一色無纖塵，皎皎空中孤月輪，

江畔何人初見月，江月何年初照人……。

唉，寫出這樣清麗的句子的詩人怎麼不立刻去死呀！我忿忿的想，句子華美透明到竟像是沾著月光下的江水寫成的。實在令人嫉妒。

我想起自己有一次，到揚州去玩，循著清帝下馬的渡口，走到博物館，竟然看到一張毛筆寫的〈春江花月夜〉，貼在櫥子裡，實在不勝驚駭。揚州古城，其實不乏古物，但揚州出了個張若虛，他們就把這個詩人的產品也當作文物展出。我在世界各地看過的有規模的博物館少說也上百，但把一首詩貼出來當展覽品的怪事，倒未之聞也。不過，我也立刻原諒了，畢竟，這是一首太好太好的詩。好到令博物館長也糊塗了。其實他的展出應該還包括一千三百年前的唐代月光、花香和浩蕩不盡的江聲……。

車陣稍稍移動了一點，我輕踩油門的時候，聽到那熟悉的聲音：

「人生到處知何似？應似飛鴻踏雪泥……。」

不用轉頭去看，安坐在我右手邊的當然是前來搭便車的東坡先生。我很驚喜，說：

「喂，你知道嗎？我去年去了一趟海南島耶！我去看你九百年前流放的地方。」

「哈，別想瞞我，你是羨慕的，就連我的貶官，你也是羨慕的。怎麼樣，要不要來杯椰子酒？」老蘇真是可人，「前兩天，土人釀了送我的。」

酒作淡乳色，芳甘怡人，有點女性品味，我仰首一乾，暫時忘了車窗外又復糾纏打結的車陣。

——原載84年8月21日中國時報《人間》副刊

只要讓我看到一雙誠懇無欺的眼睛

春天，西湖，花開滿園。

整個賓館是個小砂嘴，伸入湖中。我的窗子虛懸在水波上，小水鴨在遠近悠游。

清晨六時，我們走出門來，等一個約好的人。那人是個船夫——其實也不是船夫，應該說他的妻子是個船婦。而他，出於體貼吧！也就常幫著划船。既然長在西湖邊上，好像人人天生都該是划船高手似的。

昨天，我們包了他的船一整天。中午去「樓外樓」一起吃清炒蝦仁和叫化雞，請他們夫婦同座同席。他聽說我們想去蘇州，便極力保證他可以替我們去買船票，晚上上船，第二天清早就到蘇州。他說他有關係，絕對可以買到票。

不知為什麼，我就是不能拒絕他。其實，由於有台胞身分，旅館是可以代我們買票的。可是他那麼熱心，不託他買，倒彷彿很見外似的。

說好了，清晨六時他就把票送過來。

西湖之美，明朝人袁中郎早就說過了，一定要在凌晨或月夜，遊客的數目常是美景的殺手。一旦過了清晨九點，西湖只不過是個背景不錯的人口市場罷了。我們原打算接了票立刻趁人少騎腳踏車去逛蘇隄、白隄、六和塔……。西湖於我，是個熟得不能再熟的地方——雖然一次也沒來過。但那「斷橋殘雪」、那「南屏晚鐘」、那「曲院風荷」，一一都伴我長大，在書本的扉頁裡……。

但現在六點了，那船夫卻沒有來，我們哪裡都不能去。

小鳥在青眼未舒的柳樹梢頭啁啾——那船夫，還不來。

芍藥開了，很香。廣玉蘭白中帶紫，旋滿一樹——那船夫，怎麼還不來？

六點半了。

春日的楓樹紅中帶潤，同樣是紅，但跟深秋的霜葉卻全然不同。唉，六點半了。

木本的海棠花飽滿妖艷，美得讓自己都有點不勝負荷了。七點了，都七點了。

我焦躁起來，和丈夫互相問了我們萬分不想問的問題：「他，會不會拿了我們買船票的錢，就消失了。」

不會吧？我們再等等。錢，其實也不多，合美金大概不到五十元。悲傷的是，我們會不會因此變成可笑的、易於上當的傻瓜？

他是我的同胞，而西湖又這麼美，此刻又是乾坤清朗莊重的春日清晨，我不該起疑心。

可是，七點十分了，聽說船夫的父母是基督徒，可是，那又保證什麼？絕美的春晨正一寸寸消失，我怎麼辦？我像個白癡似的站在賓館門口，等一個可能永遠不會出現的人。

七點十五。

他來了！他來了！我叫。丈夫跑出來，我們在門口迎上他。他說，今早因為借不到腳踏車，所以便一直去借，借到現在。

我對他千恩萬謝，他可能以為我謝他是因他代為買票的辛苦。他不知道，我真正感謝的是，他終於出現了，他幫助我免於做一個可鄙的懷疑論者。

那天早上，我們未能把嚮往已久的風景點一一看完，但幸運的是，我看到了一張可信賴的臉。人活著，總會碰到人，碰到人，就可能受騙。但只要讓我看到一雙誠懇無欺的眼睛，我就可以甘心受人千次誑欺。

畢竟，那是一個美麗的春晨。

——原載84年8月28日中國時報《人間》副刊

烏魯木齊女孩

距離烏魯木齊市大約一個半小時車程的地方，有個牧場，名叫南山。南山，這名字充滿漢人意味，牧民卻是哈薩克人。這地方青峰插天，溪澗淙淙，地上彷若鋪了一層柔和的綠色羊皮。

然而，它卻是個為觀光客設計的地方，節目假假的，「姑娘追」一點也不好看，姑娘揮鞭打人的動作完全有名無實。我受不了，為了禮貌，只好坐在原地抬頭看白雲，多像歐洲啊！這奇異的藍天。藍天從來不假，不把自己當一條觀光項目。

我們住進一間蒙古包，那包竟是水泥製的，裡面有床，——這些，也是假假的。

我們去央一個婦人為我們煮些奶茶，還好，那奶茶，卻有幾分真意。

夜深、群星如沸，鬧騰不止，那星，扎扎實實，是真的。

天亮了，我們去騎馬，馬是馴馬，路也是柏油路，但山風是真的，陽光、樹影、野水，都一一是真的。行至瀑布，返轡而回，春風得意馬蹄疾，人生快意之事也只能如此而已吧？

跨下馬來就準備要走了，路旁卻瑟縮著一個小女孩正在跟我們同隊的君兒聊天。大約八、九歲吧！看得出來將來會是個美人。原來她是漢人，家住烏魯木齊。在新疆，除了烏魯木齊市市區，漢人都算「少數民族」。她現在正放著暑假，父親來牧場做木工，她便跟來了。父親一早上工去，便鎖上屋子（奇怪，我想不出他有什麼怕偷的東西），而小女孩不會說哈薩克話，不能跟當地小孩玩在一起，只好呆呆坐在樹下。

「你喜歡騎馬嗎？」我加入談話，陪她坐在樹下。

「喜歡，可是我爸爸不讓我騎！」

「啊！他怕你摔。」我說。

「不是的，他說十塊錢太貴了。」

「去騎，去騎，我請客，你去玩嘛！」

「不要，」她十分懂事，「這十塊錢，照我看，還不如買碗飯吃好呢！」

我一下慚愧萬分，竟不敢再說什麼，這麼小的孩子，竟這麼乖巧，簡直叫人心疼。

陽光昇得更高，美麗的觀光牧場仍然美得近乎做作，唯這女孩是如此真實，那樣安靜自約的垂睫，那樣認分知足的黑眸——我不知為什麼想起漢墓中的婦人俑，那俑一般叫「長袍女俑」，高五十八公分，長安出土，她什麼動作也沒有，只是站著，只是收斂著，只是無求。她那樣卑微，但因為不想祈求什麼，所以也自有她的尊嚴。奇怪，這小小的女孩為什麼有二千年前那婦人一般的詳柔無怨？

而令我自己訝異的是我在那漢代婦人俑身上所沒有能完全看懂的表情，如今借一個小女孩的臉全懂了。

「你們可以叫我娟兒。」她說。

我想她一定喜歡上美麗活蹦的君兒了，她的名字裡剛好也有個「娟」字，她就自動的換一下，叫起自己「娟兒」來了。聽起來，像君兒的妹妹。

分手的時候，居然彼此眼裡都霧著一片淚光。

——原載84年9月4日中國時報《人間》副刊

成聖的女子

跟人談往事，W只談她的大學生涯。至於中學，她總不肯說起。她中學讀一所天主教女子中學，校園絕美，修女在長廊的光影間穿行，無聲無塵。長夏無事，花開花落，松鼠在老樹的枝柯間一躍而過，飛快而美麗的那一躍，正彷彿她的青春歲月，稍縱即逝。她不肯談，因為不相信有人會懂。

她去望彌撒，不是因為皈依天主，而是因為迷上彩色玻璃被陽光照透的感覺。她去聽教義，是因為管風琴。她辦告解，是因為年輕神父憂傷的側影。她坐在鳳凰樹下手捧玫瑰經，則是為了可以遠遠偷看黎修女灰綠晶亮的眸子。

黎修女極美，這倒不希罕，修女裡面長得端莊秀雅的人多的是。但黎修女不同，她的眉尖眼角都猶帶風情。她的身體隔著素袍，雖不惹眼，但也看得出來絕不是一截枯木。十六歲的W對黎修女既崇拜又困惑。

「我想做修女耶。」有一次，她撒嬌似的說。

「要有天主的聖寵才可以。」黎修女的中國話說得不夠好，卻反而因此一字一字都斬釘截鐵。

「如果我做修女！」W的眼神有點使壞，「我可不可能封成聖人？是不是只有男的神父才能封成聖人？『聖人』這個字有沒有陰性的？」

黎修女不理她的問題，只定定的望著她，說：

「女人當然可以封聖人，但是那不重要，所有的女人，如果結了婚，生了孩子，她就等於是『聖人』。」

「只要結婚、生孩子、就可以做聖人嗎？——那，我要快點去找個白馬王子來嫁。」

「嫁了白馬王子的那個女孩子，是不能變成聖人的。」黎修女一臉正經。

「那麼，嫁給什麼樣的男人才會變成聖人呢？」

「嫁給普通的男人。」

「怎樣的男人是普通的男人？」

「譬如說，那男人懶惰，妳就只好勤快，妳勤快的時候妳就很像聖人了。

又譬說，那男人暴躁，你就只好溫柔，妳溫柔的時候，妳就很像聖人了。

有的時候，那男人不忠，妳有什麼辦法，妳只好饒恕。妳饒恕的時候，妳就很像聖人了。

如果那男人該還誰的錢還沒有還，你卻替他還了，該去探那個親友的病沒有去，你卻替他探了，他不知道感謝，妳就很像聖人了——聖人活著的時候，常常是被人忘了的。」

「哎呀，妳又沒有結過婚，」W愛嬌地叫起來，「妳怎麼會懂婚姻的？」

「我沒有，但是我的媽媽結過婚啊！」黎修女大笑，一面和藹地拍了她的肩，「別害怕，我是跟你開玩笑的啦！要勇敢哦，別被我嚇倒了！」

笑聲未歇，四十年竟已過去。今年夏天，她帶著小孫女回國；順便到黎修女墳上獻一束百合，她離世倏忽已十年。

「黎修女！」她叩叩墓碑輕聲的說，「妳知道嗎？我已成聖了呢！照你說的，我和一個普通的男人結了婚，三十年，我已經『成聖』了，你說的話，我現在全懂了。」

陽光下觀音石的墓碑光潔微溫，一如黎修女當年沉沉的素袍。

——原載84年9月18日中國時報《人間》副刊

「浮生若夢啊！」他說

那一年，他是文學院長，我是中文系裡的小助教。

但校車上會相逢，有時候也同座。他總是妙語如珠。他瘦小清癯，表情不多，講起笑話來，冷冷一張臉，卻引得全車笑翻：

「從前，在英國有一個人，患了失眠，就去看醫生，」他的措辭簡單、老實，我以為是真人真事，「醫生就給了他藥，他回去一吃，病就好了，睡得很沉，睡著了，還夢見自己到了太平洋上的一個小島，美女如雲，列隊歡迎他。他的朋友剛好也患失眠，聽到有這種好事，趕快也去看醫生，也拿了藥，回家也照樣吃了。於是呢，果真也睡著了。而且，說巧不巧的，也夢到太平洋上一個小島，但不幸的是，他一靠岸，就有土人來追殺他，害得他跑得氣都透不過來……，他很生氣，跑去質問醫生，醫生說：『哎呀，當然不同囉，你的朋友是私人付費，你呢？是公保支付。』」

講完笑話，雲淡風輕，他又去搗弄他的煙斗，也不管一車人笑得前仰後合，他已完全的事不干己了。

他其實是政治系的教授，也不知為什麼，做了文學院院長，有一天，又閒聊，他忽然說：

「你覺得文學有用嗎？」

這話對大學中文系剛畢業的我而言，簡直是褻瀆。文學，是不容懷疑的！

「譬如，舉個例子，」他慢條斯理的說起來，「我從前小時候聽人說『浮生若夢』，怎麼說，我都不懂，人生怎麼會像夢呢？現在，到了我這個年歲，懂了。懂了的時候，又覺得不用你來說。所以說，既然不懂的時候，說了也不懂，懂的時候，完全不用你來說——那麼，文學又有什麼用呢？」

本來準備要辯論的話說不出來了，反而牢牢的記下他舉的例子。我自己仍然信仰文學，但他的話陷我於反覆思索，至今仍不時困擾我。我也記得他的臉，像春天早晨煙嵐散去後的晴山，淡淡的，彷彿什麼事都沒有發生過，可是，分明那話裡有多少驚動生命之痛的大悲情在攪和啊！

最後一次去看他是探病，他已中風，坐在一張大椅子上，不能說話。冬天的暖陽穿窗而入，照在他淺灰色的長袍上，他嘴角的口水沿著前襟流下（當年出產幽默風趣的嘴角啊）！一直流、一直流，一隻貓在他身上跳來跳去，他的目光呆滯，凝望著不知什麼地方的地方。

「浮生若夢」？文學究竟能做些什麼？我想再跟他討論，但他已彷彿是被另一個主人買去的家奴。他曾經屬於學術，學術是一個寬厚博大的主人，容得你古今上下去自縱自如。但他的新主人極其殘酷，鞭笞他如鞭白癡，不久，他謝世。

他的臉，淡淡的，似喜非喜，似悲無悲。生平總是，丟下一句笑話，自己不笑，就游離開了。或者，丟下一句悲傷的話做開頭，自己也不續下去，竟躲起來了。

「浮生若夢」啊！浮生是什麼？夢是什麼？我不知道，我只記得他的臉，淡然無事的臉。

——原載84年9月25日中國時報《人間》副刊

包子

有個親戚死了，在遙遠的故土。消息傳來，已是半年之後，我的悲傷也因不合節拍而顯得有些荒謬。何況彼此是遠親，毫無血緣關係。但畢竟我握過她枯纖如柴的老手，感覺過她淚水滴落在我腕上的溫度，也曾驚訝的看她住在黑如地穴的破屋裡，手捧一把小炭籃與之相依為命。畢竟我也曾為她去買她視為仙丹的西洋參丸，聽她說淒涼的晚境……。

然而，這個生命卻消失了，微賤如蟻。

好些日子以來，我晝思夜夢的常是那老婦人被兒子惡吼一聲的悲怔。

那天，我和丈夫去看她，時間是上午，我們談了二小時的話，趕在中午以前離去。她依依不捨，抵死要留我們吃飯，但環堵蕭然，她哪裡有飯可供我們吃？不得已，她說：

「這麼遠來，不吃飯就走，怎麼行？我到巷口買包子……」

忽然，她的兒子回過頭來，憤然大罵一聲：

「哼，包子！台灣來的人會吃你那包子!?」

老婦人立刻噤聲了，我和丈夫一時也不敢回腔。那年輕人，西裝筆挺，騎著威風的摩托車，時不時的跑深圳做一票生意，有時賠有時賺，但老不夠他花用。老母，則丟在那裡任她自生自滅。

這老婦人，因為待客的盛情，一時忘了的那份自卑感，此刻給兒子一吼，全部自卑感立刻又恢復了。她視為美味的包子，此刻竟頹然成了糞土。她愸然站在那裡，不安又惶愧，彷彿她真說錯了話做錯了事似的。

我當時心中暗怒激湧，恨不得大聲罵回去，說：

「怎麼樣，我是台灣來的，但我就偏要吃這包子！我的嘴巴可能因為富裕的生活養刁了，我可能看這包子又肥又粗不堪入口，可是我還懂得禮數，我還知道對長輩的好意理該恭敬接受！」

但我終於按捺住，畢竟人家是母子，我若罵回去，雖逞了一時之快，恐怕長輩覺得連我這外人都如此貼心，想起兒子就更傷感了。我只好說：

「下次吧！」

「你看，第一次來，什麼都沒吃，就要走……」她捉住我的手不放，老淚爬滿一臉，「曉風，我第一次看到你呀，我一看你就知道你這人好，我是真喜歡你，唉，我也沒東西送你，你看，飯也不吃，就要走……」

對她而言，我大概等於她所有在台灣的已死的和未死的親戚，而那些親戚長輩又代表著一切逝去的再也不肯回來的美好歲月。

我一面拍著她的背，一面喃喃保證：

「會再來的，會的、會的，妳留步，下回來，我們去吃包子。」

「今天有事要走，下次來，一定吃你這包子。」

然而，有些事，是沒有下次的了。老人撒手而去。

如果，有一天，你在某個窮僻的大陸巷落裡，你在穿過公廁穿過破簷人家的窄道上，遇見一個奇怪的遠方女子，手裡拿著一團熱騰騰的包子，一面流淚，一面咀嚼，那人，就是我。

——原載84年10月2日中國時報《人間》副刊

女子層

十年前的事了。

為了去看富士山頂的高山湖泊，我先到東京落腳一夜。旅行社為我訂了一家旅店，我去櫃台報到的時候，那職員忽然問我：

「你一個人嗎？」

我說是。

「你在東京有沒有男朋友？」

我大吃一驚，怎麼這種事也在詢問之列？多禮的日本職員怎會這樣問話？而且，我也不確定他所謂的「男朋友」是什麼意思。

「我……，我有朋友……那朋友是男的。」

我在東京本來一個鬼也不認識，但臨行有位熱心的朋友聽說我居然隻身旅行，偏要介紹他的一位日本朋友給我，怕我萬一有事流落異邦，可有處投靠。我告訴旅館職員的「男朋友」，便指此人而言。

那職員大概也明白，我被他搞糊塗了。

「這樣說吧，如果他來見你，你們在哪裡見面？」

「在廊廳呀！」

「他不用進你房間？」

「不用。」

我忍住笑，我帶進房間幹什麼？朋友介紹他這朋友給我，原是供我作「備用救生員」的，我帶他進房間幹什麼？神經病！

「好，這樣的話，」他的表情豁然開朗了，「你可以住在我們的女子層，女子層裡比較自由，男人不可以上女子層。女子層裡全是女子。」

我算得上是個五湖四海亂跑的人，什麼旅館也算都見識過了，但這家旅店的這種安排我竟沒見過。不得不承認這構想新奇有趣。

上得樓來，入眼四壁全是淺淺的象牙粉紅（有點像故宮為了配合最近展出羅浮宮名畫而髹漆的粉色），心情不禁一振，覺得有一種被體貼被禮遇被愛寵的感覺。

至於浴室裡的陳設雖然無非是洗髮精、沐浴乳，但都精緻巧美，看來竟像細心的媽媽為遠歸的女兒預備的。至於床罩、枕頭、梳妝品和室內佈置其溫馨旖旎處就不必一一細說了。

不過，令我印象最深刻的卻不是這些，而是在床頭櫃上放著的那本裝訂考究的日記冊子。冊子厚厚的，裡面寫滿房客留下的一鱗半爪。我不識日文，沒辦法完全看懂那些有緣和我住同一間房睡同一張床的女孩子的心聲，但仗著日記裡有些漢字，我也多少讀懂了一點。

例如有個女孩說，那天是她生日，她一人身在旅邸，想起父母親友之恩，內心深為感激。也有的說，有幸一憩此屋，不勝欣喜。也有的講些人生感懷。雖然並不是什麼高言大智，但一一自有其芳馨的手澤。

那光景，竟有些像住在天主教的女子中學宿舍裡，美麗的女兒國，男人還未曾在生命中出現，女孩兒彼此悄聲細語，談些心事。至於那情感特別相投的，就彼此交換日記來看，那裡面有一種情逾姊妹的親熱。

我後來旅行他地，也不曾看過類似的旅館，所以對它十分懷念。你當然可以譏笑他們用象牙粉紅來討好女性未免太膚淺，但畢竟這其間有一份心，而身為女子，對對方「有一份心」的事是不會忘恩的。

我真的很懷念那家旅館的女子空間。

——原載84年10月9日中國時報《人間》副刊

那一鍋肉

雲很淡，風很輕，一陣香息拂面吹來。

什麼香？身為都市人，大概很難聞到什麼花香吧？我聞到的是肉香。假日無事，雖有一身稿債，卻也練就了「債多不愁」的本事。所以心中頗有餘閒，可以靜靜欣賞不花錢的陽光和肉香。秋天的陽光像饜食後的花豹，冷冷的坐著。寡慾的陽光啊，不打算攫獲，不打算掠食，那安靜的沉穩如修行者的陽光。

我竟不知道肉香原來也可以如此飄逸清鮮的，想來，是某家鄰居在清燉肉湯吧？紅燒肉濃郁厚腴，是重濁派。這肉湯卻如隔岸黍稷初熟，近乎植物，是清新派。仔細聞，還加了蔥薑，是古人說的辛暖的氣味。

如果這肉湯是我自己煮的，恐怕心情就沒這麼好了，我會緊張兮兮的調好鬧鐘，惟恐過時。現在，由於事不關己，我什麼都不用管，只管欣賞那好聞的味道。更好的是不知為什麼，這麼美妙的肉香竟也不刺激我的食慾，我只純純的欣賞，遠遠的欣賞。像女孩看女孩的美，只顧讚嘆，卻並不想擁有。

我甚至慢慢揣想，是豬肉嗎？嗯，好像是，是哪一塊呢？也許是一整塊腿肉吧？那主人不知是何方人士，如果是四川人，這塊肉說不定等下便撈出來再炒一道回鍋肉。如果是閩南人，便切片作白切肉蘸醬油吃，如果是浙江人，便加上鹹肉竹筍煮個「醃篤鮮」。不知怎麼回事，我簡直和那鍋肉湯對話起來，一鍋肉裡其實也有好多故事的。都市生活，鄰居難得交談一言半語，但肉香例外，它算是合法的闖入，你卻可以因而享受別人送上門來的隱私。

——可是，且慢，事情有了變化，剛才明明是清燉，現在卻忽然多了醬油和五香的氣味，也許這改變原是計畫中事，但我卻不免有幾分悵然。其實紅燒肉的味道也不錯，只是這番乍變，卻把月下的一笛幽涼添成了交響樂團，眾音紛至沓來，富麗熱鬧之餘，也就注定有些東西要消失吧？

紅燒肉的氣味十分霸道，想不聞都不行，如此聞了一陣，心裡隱隱覺得有些什麼不對。呀！糟了，那肉開始焦了，其實初焦的味道不算難聞，甚至帶些煙燻火燎的人間氣息，據說人類就是在森林大火之後才發現烤豬燒羊的美味。直到今天，微焦的鍋巴對我仍是誘惑，此外一切微焦，如蔥油餅如西點所帶的那一點黃脆都香酥怡人，但這「焦」亦如感情，一過頭便粉身碎骨，焦土一片。

愈來愈焦苦了，那鍋肉。

那主人去了哪裡？是去接電話或不慎睡著了？或者，更糟，他竟出門去了？

接下來的問題更大了，這已經不是好聞難聞的問題了，我開始擔心火災，但現在就去打一一九請求救火，是不是也小題大作了點？

焦味漸漸穩住，看來那鍋肉是完了，但不致失火也就算是大幸了。

我覺得累，怔怔出神，事情怎麼會這樣呢？怎麼會這樣呢？這麼好的早晨，這麼好的肉湯，最後怎樣會落得個如此這般的下場呢？

然而，然而，人間萬事又有什麼事不循著這悲哀的軌跡在進行？阿房宮付之一炬，張愛玲瘞死客途，有理想的壯年政治家霸住寶座以後便成了昏庸老瞶的獨夫。曾經刻苦打拚的社會忽焉發瘋，成了貪婪之島。

啊！我在幹什麼，只不過一個秋日的早晨，只不過是不知哪一家的廚房肉焦事件，我難道打算因而悟道不成？

——原載84年10月16日中國時報《人間》副刊

秋光的漲幅

綠竹筍，我覺得它是台灣最有特色的好吃筍子，這話其實也沒有什麼特別根據。孟宗筍細膩芬芳，麻竹筍碩大耐嚼，桶筍幼脆別致，但夏天吃一道甘冽多汁的綠竹冰筍，真覺得人生到此，大可無求了。

然而，好吃的綠竹筍，只屬於夏日，像蟬、像荷香、像豔烈的鳳凰花。秋風一至，便枯索難尋。

但由於暑假人去了北美，等回到台北，便急著補上這夏天島嶼上的至美之味。那盛在白瓷碗中，淨如月色如素紈如清霜的綠竹筍。

我到市場上，綠竹筍六十元一斤，筍子重，又帶殼，我覺得價錢太貴。

「哎，就快沒了，」菜婦說，「要吃就要快了。」

我聽她的話，心中微痛，彷彿我買的貨物不是筍子，而是什麼轉眼就要消逝的東西，如長江鰣魚，如七家灣的櫻花鉤吻鮭，如高山上的雲豹。就要沒了。啊，屬於我的這一生，竟需要每天每天去和某種千百萬年來一直活著的生物說再見。啊，我們竟是來出席告別式的嗎？

綠竹筍很好吃，一如預期。

第二個禮拜，我又去菜場，綠竹筍仍在。這次卻索價七十元一斤了。第三個禮拜是八十元，最近一次，再問價，竟是九十。

這讓我想起二十年前，有位美國博物學家艾文溫．第爾，他和妻子二人在二月末從佛羅里達出發，做了一個和中國詞人說法相反的實驗，宋詞中說：「若到江南趕上春，千萬和春住。」他們夫妻二人卻自己開著車往北走，竟然打起與春天同時北進的算盤。而且，連春天的步行速度也被他們窺探出來了。原來，春天是以十五英里的速度往北方挺進的。他們一路走，走到六月，到了加拿大邊境，才歇了下來，好一趟偕春同遊的壯舉。

原來，「春天的腳步」這句話不是空話，它是真有其方向，真有行速，甚至真的可以尾隨追蹤。

同樣的，我的盛夏也是可以用價錢來估量的，在綠竹筍一路由三十而四十而九十一百的時候，我的盛夏便成往煙一縷。

也許極熱極濕極氣悶，也許還不時遭我罵一聲「什麼鬼天氣！」但畢竟也是相與一場，我會記得這陽光潑旺的長夏。

綠竹筍想來會在貴到極點的時候戛然消失。秋天會漸深漸老，以每週十元的漲幅來向我索價。

——原載84年10月23日中國時報《人間》副刊

誰說我不懂法文？

我按了收音機，在車上。那時候正當選舉，我想努力找個電台，也不須要多好的節目，只要安靜、正常，用人類的聲音說話，就行了。

不料找電台的工作竟像爬山，爬過一峰又一峰，倒楣的是老碰上窮山枯水。芳草的茵柔，樹影的清圓，都渺不可得。我在電台與電台之間攀爬顛躓，辛苦萬分。耳中只聽得每一個電台都傳來一片叫囂謾罵，聲音一家比一家高亢乾澀，令人一聞喪膽。

沒有人肯用人類的聲音來講話嗎？沒有人可以簡單直接的說出自己的意見而不帶憤怒叫囂嗎？難道大家都認為獸類的嘶吼，比人類的語言更具說服力嗎？我的手指不想再徒勞，我要逃離這聲音的萬獸場！

正在這時候，我聽到一縷溫柔的，屬於人類的聲音，溫柔圓潤，香甜暖融，如一碗剛熬好的銀耳蓮子羹，我的手停下來，啊！這樣的聲音！這樣美麗的聲音！我要為它而俯首，而貼耳。

這樣的聲音！我幾乎忘記人類可能有這樣乾乾淨淨，清清爽爽的聲音。是柳浪中隱隱傳來的鶯聲，是十里荷香中微微拍打船舷的水聲，是風經過低谷時留戀的迴鳴，是夢與黎明擦撞時微微的驚動。

銀魚游過荇藻會有聲音嗎？如果有，便該是這種聲音。春天第一隻燕子拍翅首途的振翮聲，豈不恰恰如此嗎？秋天的大地看驚惶的落葉墜地時輕輕安慰它的聲音亦當如是……。啊！讓我再想想這聲音像什麼？是了，它或者如同花香擠入草香時，空氣中那種肩摩肩，踵擦踵的熙熙攘攘的熱鬧聲喧。它或如小孩在艱難的握筆之餘，忽然寫出自己名字時喜悅的驚呼。或者，或者如同冬天來時，一隻將乾果備妥的小松鼠酣然入眠時滿足的鼾息。

然而，然而對那華美流轉的語言我卻一字不懂。車行中，台灣欒樹夾道而紅或夾道而黃，華豔的秋光咄咄逼人。我聽不懂那美麗的語言，我卻打算一逕聽下去，我寧可聽這聽不懂的溫柔語音系列，我不要投入那些我聽得懂的暴烈語言的殘害。我們不要聽謾罵，我不要聽訾詬，我不要聽謊言。

啊！也許你猜中了，我那天在收音機裡聽到的正是法文，我從來不懂那語言，一個字也不懂，而且以後也不打算去學，但誰又真能說我不懂法文呢？如果我懂蟬鳴，如果我聽得懂圓荷墜露，如果我聽得見月光沿著屋瓦滴落的聲音，誰能說我不懂法文？

屬於我自己的漢語應該也是好聽的——只是它什麼時候才能恢復那古琴一般的美麗音色呢？

——原載84年10月30日中國時報《人間》副刊

六橋

——蘇東坡寫得最長最美的一句詩

這天清晨，我推窗望去，嚮往已久的蘇隄和六橋，與我遙遙相對。我穆然靜坐，不敢喧譁，心中慢慢地把人類和水的因緣回想一遍：

大地，一定曾經是一項奇蹟，因為它是大海裡面浮凸出來的一塊乾地。如果沒有這塊乾地，對鯊魚當然沒有影響，海豚，大概也不表反對，可是我們人類就完了，我們總不能一直游泳而不上岸吧！

岸，對我們是重要的，我們需要一個岸，而且，甚至還希望這個岸就在我們一回頭就可以踏上去的地方（所謂「回頭是岸」嘛）！我們是陸地生物，這一點，好像已經注定了。

但上了岸，踏上了大地，人類必然又會有新的不滿足。大地很深厚沉穩，而且像海洋一樣豐富。她供應的物質源源不絕。你可以欣賞她的春華秋實，她的橫嶺側峰，但人類不可能忘情於水，從胎兒時代就四面包圍著我們的水。水，一旦離開我們而去，日子就會變得很陌生很乾癟。

而古代中國是一個內陸國家，要想看到海，對大多數的人而言，並不容易。中國人主動去親近的水是河水、江水、湖水。尤其是湖，它差不多是小規模的海洋。中國人動不動就把湖叫成海，像洱海、青海。猶太人也如此，他們的加利利海分明只是湖。

有了湖，極好——但人類還是不滿足。人類是矛盾的，他本來只需要大水中有一塊可以落腳的陸地，等有了陸地他又希望陸地中有一塊小水名叫湖。有了這塊小湖水，他更希望有一塊小陸地，悄悄插入湖中，可以容他走進那片小水域裡——那是什麼？那是隄。

如果要給「隄」設一個謎語供小孩猜，那便該是：

水中有土、土中有水、水中又有土

蘇隄、白隄便是經兩位大詩人督修而成的「詩意工程」。詩人，本是負責刺探人類心靈活動的情報員，他知道人類內心的隱情密意。他知道人類既需要大地的豐饒穩定，也需要海洋的激情浪漫。於是白居易挖了湖了又築了隄（農人因而得灌溉之利，常人卻收取柳雨荷風），後來蘇東坡又補一隄。有名的白隄、蘇隄就是指這兩條帶狀的大地。

更有意思的是，有了長隄之後，有人更希望這塊小土地上仍能有點水意。於是，蘇隄中間設了六道橋，這六道橋的名字分別是映波、鎖瀾、望山、壓隄、東浦、跨虹。橋有點拱背，中間一個圓洞，船隻因而可以穿隄而過。如果再為「六橋」設一道謎題，那也容易，不妨寫成下面這種笨笨的句子：

水中有土、土中有水、水中又有土、土中又有水。

這天早晨，我呆呆地望著這全長二點八公里的蘇隄。由於擁有六座橋，剛好把蘇隄分成七個段落，算來恰如一句七言。啊！那一定是蘇東坡寫得最長最大的一句七言了，最有氣魄而且最美麗。

蘇隄因為是無中生有的一塊新地（浚湖而得的最高貴華豔的廢土），所以不作經濟利益的打算，只用來種桃花和楊柳。明代袁宏道形容此地，說：「六橋楊柳一絡，牽風引浪，蕭疏可愛」，蘇軾的詩也說：「六橋橫絕天漢上」。如果你隨便抓一個中國人來，叫他形容天堂，大概他講來講去也跳不出「六橋煙柳」或「蘇隄春曉」的景致。六橋，大概已是中國人夢境的總依歸了。

我自己最喜歡的和六橋有關的句子出自元人散曲：

「貴何如，賤何如？六橋都是經行處。」（作者劉致）

對呀，在春暖花開的時候，難不成因為他是×主席或×部長，就可以用八隻眼睛來看波光瀲灩嗎？不，在面對桃紅柳綠的時刻，我們都只能虔誠的用兩腿走過風景，用兩眼膜拜，用一顆心來貯存，如此而已。

絕美的六橋，是大家都可以平等經行的，恰如神聖的智慧，無人不可收錄在心。眼望著蘇東坡生平所寫下的最長最美的一句詩，我心裡的喜悅平靜也無限華美悠長。

——原載84年11月6日中國時報《人間》副刊

啊，少年吔，你的台北和我的台北

啊，少年吔，你這對台北城而言的新鮮人，你揉揉眼睛，你看見了台北！這人間難得一見的令人錯愕驚動，令人激情令人冷凝令人抵死纏綿卻又大可幡然徹悟的大城啊！

你看到紡織大樓，你看到資訊大樓，你看到終夜輝煌如火燄如大碑的新光大樓。你看到群車如粒粒串珠，直穿天涯。你看到的這篇台北，充滿形容詞，充滿成語，如一紙小學生寫的文章，努力想把自己寫好，卻看來處處裝模作樣、虛矯誇張。

然而，少年吔，我看到的這台北和你看到的不一樣。我彷彿俗稱的「陰陽眼」，我越過她的皮膚去看她的魂魄，我越過她的中年去看她的青澀歲月，我越過她的今生遙知她的前世。

例如新生南路，我看到的分明是一條溝渠，垂柳夾岸對綠，春來杜鵑花沿堤點火。跟台大校園裡的杜鵑相比，彷彿堤畔的杜鵑是逃學的孩子，一路逃，一路逃，惟恐給訓導主任抓了回去。

新生路，路分南北段，並且分東西側，東側西側合夾著一條名叫瑠公圳的渠水。啊，如果我活得夠久，我便能看見大清朝的某一年，某個漢人駕一葉小船，船上載著從福州運來的貨品，貨品包括當時安家立戶急需的木材，以及壓艙用的石材……，小船一路開，開入瑠公圳，——對你而言，少年吔，是開入被新生南路的柏油路面蓋住的那條地下水溝。

啊，少年吔，中華路上新支起高架橋蠻橫凶霸的水泥體，那是你看見的畫面——我看見的卻是疊像。我看見的是某個星期天，詩人楊喚握著一張免費入場的電影票（啊，那張拘魂票啊），腳下穿著一雙不合腳的免費軍用皮鞋，他匆匆地去趕那場電影（卻不知道從此再沒有資格作人間觀眾了）。似乎是因為他闖越了平交道，似乎是因為鞋子被夾，他竟遭火車撞死。死時，全身都是免費物，除了那條命是自費的，除了才華是自費的……，中華路對我而言是一條憂傷的路啊！是詩人流血的不歸路啊！

國慶日，光復節，整個城以淡水河畔為「燦爛焦點」。煙火如萬道霞光，沸沸騰騰燒翻了天。這些，少年底呀，你都看見了，驚呼了——而我看到卻是那個癡心女子，名叫陳素卿的，她懷著某個男人的孩子，他們不見容於社會，他們相約去投河。但那男子卻不知為何偏能浮回人世，活到如今。那女子落得情淵沒頂，留下淒美的傳說……是民國三十八年的事嗎？我看煙火騰空之際總想到冷冷的水波，和水波下的亡魂。

你的城是傻瓜照相機攝出來的平面的亮麗鏡頭，我的城是一格重一格的交疊複錯的畫面。

國父紀念館，對我而言是林懷民跳過薪傳的國父紀念館，中山堂對我而言是唱過維也納兒童天使之音的中山堂。就連山路上一株昭和草（俗名山茼蒿），我也從老輩口中知道，那是在戰爭歲月裡充飢的野菜。

這是我的台北，我甚至記得她當年還有一首「市歌」（嗯，想來阿扁市長也不知此歌，他的「市齡」太短），歌詞記不全了，記得住的如下：

溫暖的陽光下，
……照著斑駁的古城門
它好對我們告訴
流傳事蹟的……
台北　台北
我們的台北

啊，台北，永恆之城，少年吔，你知道的是她的今生，我卻多知道一重她的前世，但是，讓我們一齊和她共赴她二十一世紀的來世吧！

——原載84年11月13日中國時報《人間》副刊

「它怕什麼？」

有些文人，有大肆買書的「不良嗜好」。這種人多半有個錯覺，他們以為「買了書就買了學問」，至於自己有沒有空去看，他們好像也不太去追究。

我卻有另外一個毛病，我看到好鍋子就心癢難熬，和買書的人有類似的錯覺，我幾乎以為買了鍋子就等於買了烹調技術，買了美食。尤其是歲暮年終的季節，真恨不得把滿街鍋子都買回家來，不管是扎實的德國鍋，精緻的日本鍋，或是廣東出口的煲仔砂鍋，無不讓我凡心大動。

粵人稱讚人家菜好，常說「鑊氣」好，鑊氣直譯國語就是「鍋氣」。閩人叫鍋子為「鼎」，害得我每次看到毛公鼎都想到「毛公鍋」。鼎鑊原來竟是傳家之寶，我想這的確比鑽石珠寶有意思多了。

也不知道是不是積人類幾千幾萬年的「歲暮恐慌」經驗，每到過年我就瘋狂的想買鍋，想買我的傳家之寶。

買鍋子不難，只要付錢就行，年終本來就有獎金，那筆錢用來買房子買車子當然不夠，買鍋子卻綽綽有餘，但是，有一件事卻令我猶豫趑趄，舉鍋不定。原來，我有個毛病，我在聽完店員舌粲蓮花，極力吹噓之餘，總不免要追問一句很殺風景的話：

「那麼，照你說，這鍋子簡直是十全十美，難道它什麼都不怕嗎？它究竟怕什麼？它總會怕什麼吧？」

店員往往登時沉下臉來，彷彿自知理虧：

「它怕猛然開大火。」

「它怕摔。」

「它怕刮。」

「它怕……」

是呀，六千元一副的日本燜燒鍋，嚴絲合縫，但，只要一摔，圓鍋蓋不再周正，這鍋以後哪還有得混？

啊，原來無論怎麼好的東西都難免有一怕。世間萬物大概也都各有一怕，在這紛紛擾擾的地球舞台上，其中怕刮的，怕烈火大燄的，怕摔的，怕零件殘缺補不全的，乃至怕酸的，怕鹼的，怕乍冷乍熱的，怕空鍋乾燒的……，這一切，難道都只是指鍋子而言的嗎？

我終於還是買了那些鍋，那隻可以燉牛筋的壓力鍋，那隻長於熬獅子頭白菜和臘腸煲仔飯的砂鍋，那隻不放油就可以煎蛋的不粘鍋，還有專供烤一片牛排用的小鐵鍋，專供廣東人煲湯用的「牛頭煲」，可以透視藍色火焰的玻璃鍋……啊，不管它們多麼脆弱，不管它們各自是否皆有其過不了的情關欲卡，各自有其深懼深畏避不勝避的剋星，畢竟，它們各有其可愛的特異功能。在它沒有遭到摔打侵蝕的浩劫之前，我們還是可以相親相依的。

「而，至於我，我怕什麼呢……」站在鍋旁的我，有時候不免要這樣問上自己一問。

——原載84年11月20日中國時報《人間》副刊

鬼，也是瀕臨絕種的生物

愛撇克！APEC！

亞太，經合會，高峰會議。

乖乖，光聽這名字就足以把我嚇倒。這世上，有些事，我雖不能至，卻可以安慰自己說，如果給我十年，或給我二十年，讓我從頭拚起，我也可以拚出一樣的成績來。但這高峰會議不同，你即使讓我活到二百歲，我也不能把自己成就為一個辜振甫來代表總統出席這種場合。甚至，說老實話，數目字一升到「億」，我就糊塗了。我絕對不能想像這世上竟有房子價值上億的。這種經濟白癡當然沒有資格去「愛撇克」。

不過，APEC卻有一件事令我這局外人十分興奮：即是大阪城當地有人指出，這個古城三百年來一直有鬼。他們擔心各國的一時精英會不小心跟冤鬼撞個正著。

我看到這條小新聞，不禁長嘆，日本真是一個保存古蹟的模範國。他們不單保留了大阪古城的城市，連鬼的編制也不曾裁員。眾鬼雖然都是豐臣秀賴（豐臣秀吉的兒子）時代的冤魂，但至今生命力卻老當益壯，成天在城堡和賓館附近漫遊。

啊！這件事令我嫉妒萬分，甚至忿忿不平起來。我所住的台北市竟鬧不出些鬼韻事來，真是叫人氣短。堂堂台北市，竟然找不到一個「群鬼活動中心」，怎能不令人悵惘。

很久以前，在我尚年幼的時候，這城市似乎還保有一些鬼故事，某些地方還有些荒草蔓生窗櫺破損的鬼屋供人指點。啊！一個小孩如果沒有被「鬼屋」中活靈活現的傳說嚇倒過，整個童年是多麼平淡無趣啊！如今這一代不如一代的後生小子只好藉港片裡的女鬼王祖賢來解愁了。

唉，這大阪城的鬼怎能不令我大發思古之幽情！原來鬼也是一種瀕臨絕種的生物，眼看著就要滅種了。就像獼猴需要深林，櫻花鉤吻鮭需要清冷的淨水，鬼也需要荒山野嶺或窮鄉僻壤來做棲息地。在萬頭鑽動、萬車喧天的台北東區或西區，叫鬼兒們繼往開來再創佳績，也真是戛戛乎其難哉！

好，我姑且假設五十年前，有個名叫阿厲的女性吊死鬼，寄身在一棟破瓦寒窯裡。當她風頭最健的時代，她的「被談率」遠超一切政治的、經濟的，乃至緋色的話題。她被拿來做娛樂、做警戒，還兼做想像力訓練的現成教材。

但曾幾何時，建商看上了這片地，怪手一推，摧枯拉朽，阿厲的大本營便沒了。本來好好一塊荒地，還加上柳樹池塘，如今竟變成十五層大樓。阿厲跌來撞去，總找不到自己的老窩。她有時誤入地下室停車場，被車子輾得骨折。有時站在一樓看人家吃一種叫「麥當勞」的怪東西。二樓是電玩，地獄裡開電鋸鋸人的時候也沒這麼吵。三樓有些「公主」，四樓有批「牛郎」，五樓是賓館，六樓卡拉ＯＫ……阿厲走投無路，只好窩在樓梯間裡睡覺。

阿厲的鬼親戚，其遭遇之悲慘也都類似。阿厲最近也聽到大阪城的故事了，她很想去辦個移民。

「愛撇克」沒什麼了不起，但大阪城是永恆的，住在古城裡的武士鬼也是永恆的，我多麼高興知道在遠方的亭台樓閣間，還有些瀕臨絕種的鬼在活著，願他們無恙！

——原載84年11月27日中國時報《人間》副刊

東鄰的竹和西鄰的壁

午夜，我去後廊收衣。

如同農人收他的稻子，如同漁人收他的網，我收衣服的時候，也是喜悅的，衣服溢出日曬後乾爽的清香，使我覺得，明天，或後天，會有一個爽淨的我，被填入這些爽淨的衣衫中。

忽然，我看到西鄰高約十五公尺的整面牆壁上有一幅畫。不，不是畫，是一幅投影。我不禁咋舌，真是一幅大立軸啊！

大畫，我是看過的，大千先生畫荷，用全開的大紙並排連作，恍如一片雲夢大澤。我也曾在美國德州，看過一幅號稱世界最大的畫。看的時候不免好笑，論畫，怎能以大小誇口？德州人也許有點奇怪的文化自卑感，所以動不動就要強調自己的大。那幅畫自成一間收藏館，進去看的人買了票，坐下，像看電影一樣，等著解說員來把大畫一處處打上照燈，慢慢講給你聽。

西方繪畫一般言之多半作扁形分割，中國古人因為席地而坐，所以有一整面的牆去掛畫，因而可以掛長長的立軸。我看的德州那幅大畫便是扁形的，但此刻，投射在我西鄰牆上的畫卻是一幅立軸，高達十五公尺的立軸。

我四下望了望，明白這幅投影畫是怎麼造成的了。原來我的東鄰最近大興土木，為自己在後院造了一片景致。他鋪了一片白色鵝卵石，種上一排翠竹，晚上，還開了強光投射燈，經燈一照，那些翠竹便把自己「影印」到那面大牆上。

我為這意外的美麗畫面而驚喜呆立，手裡還抱著由於白晝的恩賜而曬乾的衣服，眼中卻望著深夜燈光所幻化的奇景。

這東鄰其實和我隔著一條巷子，我們彼此並不貼鄰，只是他們那棟樓的後院接著我們這棟的後院。三個月前他家開始施工，工程的聲音成天如雷貫耳，住這種公寓房子真是「休戚與共」，電鋸電鑽的聲音竟像牙醫在我牙床上動工，想不頭痛也難。三個月過去，我這做鄰居的倒也得到一份意外的獎品，就是有了一排翠生生的綠竹可以看。白天看不算，晚上還開了燈供你看，我想，這大概算是我忍受噪音的補償吧？

我絕少午夜收衣服，所以從來沒有看到這種娟娟竹影投向大壁的景致，今晚得見，也算奇緣一場。

古代有一女子，曾在夜晚描畫窗紙上的竹影，我想那該算是寫實主義的筆法。我看到的這一幅卻不同，這一幅是把三公尺高的竹子，借著斜照的燈光擴大到十五公尺，充滿浪漫主義的荒渺誇大的美感。

此刻，頭上是台北上空有限的沒有被光害完全掐死的星光，身旁又有奇誕如神話的竹影，我忽然充滿感謝。想我半生的好事好像都是如此發生的：東鄰種了一叢竹，西鄰造了一堵壁，我卻是站在中間的運氣特別好的那一位，我看見了東園修竹投向西家壁面的奇景。

對，所有的好事全都如此發生，例如有人寫了《紅樓夢》，有人印了《紅樓夢》，有人研究了紅學，而我站在中間，左顧右盼，大快之餘不免叫人來一起來瞧瞧，就這樣，竟可以被叫做教授。又例如人家上帝造了好山好水，工人又鋪了好橋好路，我來到這大塊文章之前，喟然一嘆，竟因而被人稱為作家……。

東鄰種竹，但他看到的是落地窗外的竹，而未必見竹影。西鄰有壁，但他們生活在壁內，當然也見不到壁上竹影。我既無修竹也無十五公尺的高壁，卻是奇景的目擊者和見證人。

是啊，我想，世上所有的好事都是如此發生的……。

——原載84年12月4日中國時報《人間》副刊

獎金六元

家附近有間滷味店，賣些北平的燻雞、醬肘之類的熟食，我有時下班晚了，便去買一些來當作晚餐的主菜。

我帶一只方形塑膠盒去，既不用他們的紙盒，也免了塑膠袋，回家上菜的時候，也不必換盤子。

這家滷味店號稱北平口味，從前也的確是北平人在經營的，但裡面的成員如今已換上一批客家女人，眾女將揮抽揮刀，有如一批娘子軍。

「一共二百零六元。」櫃台上的女子飛快的切好了肉，朝我嫣然一笑。

我急忙掏錢，她卻像校長嘉許小學生似的，說：

「算二百好了，六元不要了，難得你這麼有環保概念，如果大家都像你就好了。」

我被她讚美得飄飄然，而且，我不能忘記，她贈送給我一筆小小的環保獎金，她減了我六元。

六元，是多麼小的數目呀！可是我興奮莫名，回到家裡更是大肆宣揚，告訴家人我今天得了一筆獎金。跟兒子通越洋電話也不忘提一提，他們都不十分了解我為什麼會為六塊錢興奮成那個樣子。越洋電話那麼貴，每講一句話就值六塊錢了。

從政的人，不知出於真情或假意，老是把「愛台灣」掛在嘴上，「愛台灣」基本上是一種心情，不是一種政見或專利。

對我而言，最具體的愛台灣的方法就是「節省能源」「少造垃圾」「避免污染」。這一點，我竟沒看到幾人真能身體力行。成天把垃圾往台灣這塊「福爾摩沙」島上堆上去的人，怎麼還能厚著臉皮說自己在愛台灣呢？福爾摩沙如今已因過度文明產生的垃圾，而變成「伏爾魔殺」了。

在「垃圾罪孽」裡面最容易自我克制的其實就是塑膠袋。記得幼小的時候，跟大人上市場，拎的是蒲草編的菜籃。買豆腐買豬肉，自有翠綠的芋葉來包裝，而芋頭葉是可以回得去的，可以回歸泥土母親的元胎中去。

又記得讀《儒林外史》中的王冕故事，王冕為人放牛，偶有些主人賞的肉食，便用荷葉包了回家去孝敬母親。

余光中的詩，孩子小時我曾教他們背誦的：

那就摘一張闊些的荷葉
包一片月光回去
回去夾在唐詩裡
扁扁的，像壓過的相思

荷葉是多麼好的包裝啊！
粽子是用竹葉包紮的。
原住民的竹筒飯是用竹節包裝的。
酒，則灌在葫蘆裡。
總之，古人硬是有辦法找到美麗實用的包裝。
塑膠袋卻可惡可憎，如癌細胞愈腫愈大，永不消退，終而與人偕亡。
我因而帶著盒子帶著罐子去買菜。對我而言，要做環保就得麻煩，就得不方便。而麻煩，不方便，恰恰好就是「愛的高昂的價格」。
每當商家問我幹嘛不肯拿一個塑膠袋的時候，八成旁邊會冒出一個幫我說話的人：
「人家在做環保啦！」
我為這一聲解釋而深深感激。何況，運氣好的時候，居然還能得到六元的獎金。

我生平所獲贈的獎金中以這一筆價值最大。

——原載84年12月11日中國時報《人間》副刊

黃金葛和它的罐子

去探看一位長輩，許多年沒上門了，踏進玄關，迎我的是一盆葳蕤茂美，綠意天縱的黃金葛。台北這麼髒，這盆植物卻清淨無塵，晶亮如春水泛碧。

「啊！」我說，「這黃金葛雖是尋常東西，但師母的這一盆卻不一樣，長得特別翠，是什麼特別好的品種吧？在那裡買的？」

「沒有的事，」師母一向謙虛，聽到讚美必要奮力反擊，「根本沒花錢，大前年，附近有人拆房子，我經過，看見這沒命的東西給人丟在地上，瞧著也怪可憐的，就撿回來了。修修剪剪，胡亂插在水裡，哪裡有什麼名貴了？」

「這玻璃罐也配得好呢！是精品店買的嗎？這兩件東西一個是琉璃，一個是碧玉，真是天生一對哩！」

「說什麼天生一對，」師母繼續維護她抵制讚美的老風格，「這玻璃罐倒是我心愛的一只，早年——大概三十年前吧——有人在街上推車賣鋸好的玻璃瓶，大概都是些洋酒酒瓶鋸下來的東西，這只綠玻璃的顏色特別透，我就買了下來。但它直筒筒的，既不好插花又不好喝茶，我就隨便把它拿來放大頭針、迴紋針什麼的。這一放就放了二、三十年。大前年，撿了這幾枝東西，想著，大概可以湊合，就清了出來。沒想到，這幾根東西放下去，簡直不能看。瓶是瓶，草是草，空晃晃的。後來，過了一年，勉強覺得那草算是肯站在瓶子裡了。又過了一年，二下裡好像可以談得攏了。打個比方吧，就像從前只肯站著的，現在終於肯坐下來了。現在，已經滿了三年了，才長成你看到的這副樣子。現在這黃金葛長旺了，簡直有點像一群小孩，爬的爬，抱的抱，弄得滿瓶子上上下下，招手搖臂全是這些葉子。你說天生一對，什麼叫天生一對？才沒這回事！這是花三年時間磨磨蹭蹭才算兩下裡合揉成了一個，勉強可以看著順眼了，這是花三年時間才湊成的，這世界哪來什麼天生一對的事？」

師母說完，立刻叫我去喝茶，前面說的一番話，好像都給她忘到九霄雲外去了。等她端上茶來，世上最重要的事似乎一下子又都轉移到茶葉上去了。

我原以為她老人家會借題發揮，說幾句有關夫妻相處的金玉良言。不料，等了半天，她一句也沒說，只一逕問我要不要分半罐「荔枝紅茶」回去試試，她讚那紅茶當真有荔枝的馥郁濃香。

「反正也是人家從香港帶來送我的，又不花錢的。茶這種東西不在貴，只要自己喝得順口，就算好茶了。你要是喜歡，就帶點回去。」

「喝這麼紅豔豔的茶，配上那麼綠瑩瑩的葉子，也是對比美學呢！」我很想引誘師母再說些跟那黃金葛有關的什麼話，然而她卻不接腔，只輕輕抿一口茶，瞇起眼來細細享受那一縷芳甜。

我想，師母和她的話，大約也恰如那黃金葛和瓶子，是相知相融相益相得的一體。而由於是一體，便渾然不知不覺。看來她甚至忘了自己曾說出一番至理名言來呢！

——原載84年12月18日中國時報《人間》副刊

什麼東西在「大減價」？

這裡是一家批發市場，賣些衣架、鏡子、網架、模特兒、組合櫥櫃什麼的，價錢則從來不打折，連在結帳時抹去尾數也不肯。

終於有一天，也不知怎麼回事，我驅車經過，看見店裡忽然垂滿了鮮紅豔綠的小旗子，小旗上寫著醒目的「大減價」三字，旗子排得密密麻麻，想看不到都不行。我非常好奇，便跑進店裡打聽：

「請問，今天是什麼東西在大減價哇？」

「沒有！絕對不可能！」老闆一本正經地反駁，「我們從來不打折。我們已經夠便宜了。」

「那，你貼這麼多『大減價』的紙條，又是什麼意思？」

「啊！你說這個，」他恍然大悟，笑起來，「不是啦！我們只是在賣這種減價條，讓人家店家買去打折用的啦！」

我也不禁大笑起來，原來竟是這麼一回事。

但不知為什麼，笑完了走出店面的時候，心裡竟有點酸酸澀澀的——並且覺得這樣的局面好像在哪裡見過，這種上當的感覺，居然非常非常熟悉，像是什麼聽慣的旋律，在耳邊反覆重播，而你又一時不能確切的想出來。

我回到車上慢慢苦想。

啊！我懂了，是因為在漫長的生命旅途上，有太多人似乎在不斷許諾我，說，要給我一些好處。其中有商人，有政客，有長輩，有上級。他們一直給我一個錯覺，使我以為我即刻就有什麼好處可以到手了。然而，時間一天天過去，我什麼也沒有得到。所謂「大減價」的字樣，原來並不代表有誰要給我一些好處。它本身是一項商品，店主人反而要靠出售它來牟利的——總之，沒有什麼東西在大減價。

是的，沒有東西在減價，例如一趟安排得不甚精采的團隊旅行。一桌不鮮潔不美味的酒席。一張耗盡精力才拼成的俗陋的拼圖。一個追隨幾年才發現其人並沒有真學問的師長。一本讀來讀去讀不出道理的大書。一件看走了眼的、不合適的衣服。一宗保證你即將中獎的廣告信。一個號稱要犧牲奉獻的政治家……。

「哦！原來……。」

一個人一旦口中吐出這三個字，有時可以是喜劇，有時卻也可以是很悽傷的悲劇……，我還好，我只是心中有幾分酸惻：

「哦！原來是這麼回事！」

想到這裡，再遠遠返望那店中飄揚的小旗子，仍然一片色彩繽紛、喧囂熱鬧：「大減價」、「大減價」、「大減價」、「大減價」……啊，原來我什麼便宜都不會沾到。真的，雖然眼前一片滿滿的眩目的「大減價」、「大減價」、「大減價」、「大減價」……但事情的真相卻沒有改變，那就是，並沒有東西在大減價！

——原載84年12月25日中國時報《人間》副刊

小鳥報恩記

颱風過後的清晨，我驅車經過中山北路。走到接近福林橋的位置，看見路旁樟樹下有一隻鳥。是白頭翁，落在水窪裡，不知是死是活，快車道停車不成，我只好繞到忠誠路去，把車停好，再回來探看牠。

牠仍然瑟縮在地上，大概昨夜從樹上跌下來的吧？我因車上剛好有件外套，便拿來權充毛毯，把牠包了，記得聽說鳥類膽子小，容易受驚，我現在雖來救牠，在牠看來未必不像綁票，像掠搶俘虜。又嘗聽說讓鳥類處於黑暗中，牠會安靜些。果真，包了衣服以後，牠乖乖的，像隻馴良的家貓。

白頭翁其實很常見，牠們的族群似乎比較凶悍，常常把別的鳥趕跑，從來沒聽說白頭翁可以飼養，也不知牠吃什麼。回到家裡，我因怕牠亂飛不安全，也只好弄隻籠子來，作為「加護病房」。並且準備了雞肉小米和清水，看牠選擇哪一樣？當然，也許牠只吃活飛蟲——那我便無能為力了。

也許是在病中，牠既不吃葷，也不吃素，只肯喝點水，我覺得十分過意不去，彷彿招待不週，怠慢了客人，自己慚愧萬分。

唉！這隻小鳥不知命運如何，我本來自以為稍稍懂得一點鳥知識的。我甚至知道白頭翁另有一族親戚叫黑頭翁，住在東海岸一帶。但沒有用，我還是沒有辦法「勸君更進一粒粟」。小鳥事件大概是我生平所做的許多笨事裡的一件新紀錄，如果牠因為照顧不週而溘逝，我豈不悔死？

「牠會不會死呀？」就這樣唸著叨著，我一天不知要偷窺牠幾十次，只見牠失魂落魄的站在籠子裡，不發一聲，不啄一粟，我又只敢偷窺牠，唯恐打擾了牠的領域感。

牠獨自佔據一間臥房，那是兒子出國讀書以後的房間。房子對鳥而言又是什麼呢？我不禁思忖，那方方的，白白的，沒有綠枝也沒有蟲吟的空間。

颱風之後是雨，雨後是晴天，牠已在我家住了二天了。第三天清早我帶牠回中山北路老家。想一想，不確定牠能不能恢復正常生涯，小鳥如果摔落在中山北路上是可怕的。我於是又繞到忠誠路，那裡有一座公園。我打開籠門，輕輕取出牠來，也沒看清楚牠怎麼振翅的，總之，我還沒回過神來，牠已倏然一縱飛到百公尺外去了。其實近處也有樹，但牠不放心，牠一逕飛到遠叢中去了。飛得速度之快，使我絕對不敢相信牠就是窩在我家籠子裡那隻病兮兮的鳥。

鳥去了，只有風鳴眾柯。

想起小時候唸的兒童故事，受傷的小鳥離開寄養家庭的時候，總不免遷延徘徊，一步三回頭，有依依不捨之意。而且，過不幾天，牠竟會啣顆鑽石什麼的回來相酬。我看我收養的這隻白頭翁便知道牠不曾讀過這類童話，完全不知世間竟有此等陋規。牠離開我的時候大概樂昏了頭，也不向我打聽一下住址，以便來日啣寶報恩。

——然而，我卻覺得自己已收到了報恩禮物。當牠像箭一般的疾射而去的時候，牠那雙自由的翅膀所拍出的韻律，所隱藏的歡呼，是我生平所聽到的最美麗的感恩頌歌。

——原載85年1月1日中國時報《人間》副刊

二陳集上新搬來的那一家

二陳集是個小地方，位在徐州城的東南方。

一百多年前，有個漢子，從一個名叫「小張莊」的地方出發（當然，顧名思義，那漢子姓張），到了二陳集。這個莊和那個集之間大約有二、三小時的腳程。他到二陳集是為了移民。

二陳集的人多半姓陳，這件事好像無庸置疑。但他們不屬於同支系的，所以就叫「二陳集」。

但這姓張的漢子住在姓陳的人中似乎也還自得，過了幾年，買了幾畝薄田，娶了妻，也竟安家落戶起來。這人在二陳集上是個異類，由於他新來，且姓張，他叫紹棠，這人，是我的曾祖父。

他在二陳集的第二代不知怎麼回事，竟送去徐州城裡唸了書，以後便為人「館蒙」。這事說得不好聽，是「靠教小鬼頭餬口」；說得好聽，叫「耕讀傳家」。我在一本老字帖上看過他的名字，寫作張士登。一副想要讀書登科的樣子，不幸科舉竟廢了。

這二陳集，據我如今年已九十的父親說，是個自給自足的村子。「如果有人用軍隊把村子圍了，」父親說，「那是一點也嚇不到我們的，他愛圍多久就圍多久，我們什麼都不缺。」的確呀，如果有糧食有蔬菜可以吃，有土布可以穿，有姑娘有小子可以彼此嫁娶，人家愛圍城就由他去圍吧！想到這裡，我不免愣了一下，這光景，豈不就是閉關自守的中國？

我的一位姑姑曾說過一句名言，後來變成了家族笑話，她說：

「你們都講『外面』大，『外面』大，『外面』到底有多大呀？難道比我們的南湖還大嗎？」

「湖」在我們家鄉的語言裡指的是一大塊平坦的農地。如果收了莊稼，也兼作孩子的遊樂場。當年的姑姑認為世界再大，也不該比那塊舒坦平曠的「湖」為大。

姑姑真是幸福的人，她一生只有二個地方：未嫁之前，就是二陳集。嫁了，也只有一個名叫渚蘭的夫家村名。

鄉下人結婚早，很快的，張家在這叫「二陳集」的地方已有了第四代了，可是，有件事，爸爸一提起來就錯愕憤恨。

原來，二陳集地方的人形容我們家有一句奇怪的說詞：

「啊，他們——你是說『新搬來的那一家』。」

張家在那裡住了一百多年了，奇怪的是仍然給看作「新搬來的那一家」。這種事，你又能上哪裡去打官司呢？「新移民」就是「新移民」，這稱呼你也只能由他們叫到他們放棄為止。

許多年後，我忽然發現自己在這島上也被某些人看成「新搬來的那一家」。如果這傢伙是七老八十的老人家倒也罷了，如果此人是二、三十歲的少年家我就不免要動氣了：「喂，搞清楚，是你先來的還是我先來的，民國三十八年七月分開始，我的腳就站在這塊土地上了，那時候你在哪裡？你才是新投胎新搬來的哩！」

如果和一個人結婚二、三十年就有金婚和銀婚的名堂，可以慶祝。和一塊土地一起生活了四、五十年的人也應該取得一張金卡身分證作獎品才對！

我的父親不喜歡被叫做「二陳集上新搬來的那一家」，我也不要被叫做「福爾摩沙島上新搬來的那一戶」。

土地是永恆的客棧，我們人類只是或久或暫的過客。他是前天來投宿的，我是昨天開始住店的，你則是今天才來的，這又有什麼差別，重要的是，我們既然有緣共渡，理該一起來營造這客棧中的溫馨時光才對啊！

——原載85年1月8日中國時報《人間》副刊

就拿保險賠償金來展出吧！

我接到我的朋友可叵手寫的一篇稿子，可叵這人怪怪的，我好幾次都想不理他了，可是他成天盯著我不放，這一次，他又說了：

「拜託，稿子你拿去發表吧！稿費算你的！」

他的文稿也寫得怪怪的，情節看來又像純虛構，又像「怪誕寫實」（啊！這「怪誕寫實」其實是大有名堂的！它是前年諾貝爾文學獎得主大江健三郎的路數），我且把他的文章一字不改轉錄如下：

話說民國八十五年一月下旬，故宮博物院有一批限展國寶，在眾人大爭辯大對決之餘，仍然「擇×固執」的放了洋（抱歉，×是表示原稿不清楚，看不清是「善」字還是「惡」字），由於勝利得來不易，當天還在至善園路口放鞭炮慶祝。

貨櫃很快就裝好了，王羲之啦，顏真卿啦，范寬啦，全都乖乖躺了進去，等待啟程。這時不知怎麼回事，忽然冒出一位彪形大漢，自稱是高雄市文化部長，他嗄著嗓子大吼：

「喂！你們吃錯藥了嗎？古物出巡，也得先到咱們高雄來走一趟呀！憑什麼『阿凸仔』的藍眼珠就比我們的黑眼珠高貴，他們看得，偏我們高雄人看不得？」

當時「有關單位」便對他放了一槍，還好，是麻醉槍，三秒鐘之後這位大漢便委頓倒地不說話了，他被麻醉的程度也恰好跟那些說「古物遠行不會受損」的專家一模一樣。

貨櫃車接著碰到的第二件麻煩是在下坡路口碰到一批不知死活的文人躺在那裡攔道，不過這事也不麻煩，司機先生當下加足馬力，只不過輾過五位抗議者的肚皮和八位抗議者的大腿，便輕易過關了。

長話短說，這批國寶終於來到了美國紐約大都會博物館。

展覽前一天，為了慶賀××得逞（對不起，原稿又有兩字看不清楚），舉行酒會，當然啦，中國人是好客的，酒和點心的錢也由我方納稅人「埋單」。那天該出席酒會的人都出席了，面上該有光的人都有光了。

可是，其中二十件曠世之作當晚便遭不明人士劫了鏢，劫客據說來自北×（此字亦不清晰，抱歉），護鏢的有兩人，據說也是高手，可惜其中一人中了彈，另一人力格強敵，但一陣拉扯之際，二十七幅書畫紛紛化為碎片。

我們很幸運（據故宮云），因為得到保險公司的鉅額賠償。而且，公司還照中國人的喜好，全部付了現金。

民國八十六年十月，故宮照例要舉辦「光輝十月特展」，這一年的展出特別轟動，二千一百萬人民全都擠來看熱鬧，原因是特展室裡原來展出巨幅立軸的地方正展出一堆一堆「十億美金」的賠償費。哇！十億美金堆在一起可真夠漂亮！大家嘖嘖稱奇之餘，紛紛以這堆現鈔為背景，拍照留念。

從此之後，我們的故宮博物院便擁有了世上萬千博物館所不曾擁有的偉大收藏品——錢，許多許多的錢。

此後，我們的教師便帶學生去參觀那堆錢，父母則帶子女去看那堆錢，政府官員甚至帶外賓去見識那堆錢。全世界的博物館都十分眼紅，聽說他們在欽佩羨慕之餘，也都一一打算跟進。

對於這次空前成功的交易，故宮博物院非常引以為豪，想起當初那批文人攔車的幼稚行為，不免覺得可笑極了。

——原載85年1月15日中國時報《人間》副刊

小蛇事件

家裡曾發生一次「小蛇事件」。

那是個周末晚上，女兒從教會回來，手裡拿著個報紙包，神色悽其。進得門來，她把報紙慢慢打開，裡面赫然包著一條血肉模糊的小蛇，看來已經僵死多時。

「你弄條死蛇回來幹嘛呀？」

「我在馬路上撿到的。」

「馬路上？馬路上怎麼會有蛇呢？」

教會在林森南路，靠近來來大飯店。這種鬧市，怎麼會冒出一條莫名其妙的小蛇來？哦，對了，附近倒也有一兩家人有院子有樹，這小蛇是殘存在都市小院子裡最後的蛇族嗎？或者是動心的運蛇人在把眾蛇帶去華西街做蛇羹之際不小心掉下來的呢？

我覺得有些悲傷，一個人，一件事，一隻動物，出現在不該出現的時空，就會形成荒誕謬誤，就會有一則悽傷的故事。

一個人，出現在不該出現的時代是悲劇，像墨子，竟在二千多年前大談節葬，誰不駭然？他生得太早了。潘金蓮如果生在今天，想來也是個光鮮的「美麗壞女人」，如瑪丹娜。而且，搞不好她還學過擒拿術，武松哪裡殺得了她？她也生得太早了，她放錯了時代。

一件事物，出現在不該出現的地點，也是慘事。橘子一過了淮河，就變成小酸柑。北極熊碰到台灣的炎夏，只能煩躁的踱來踱去，威儀全失。千里駒送進屠宰場，只不過落得人人嫌牠肉質太老，國學大師被安排為廁所掃糞員——啊，我不忍想下去，只因為，這件事，在彼岸，是真的，它不僅僅是我腦海中閃過的「例子」而已。

一條小蛇，不管牠把自己吊掛在青青竹葉上，蜿蜒在石縫樹洞間，或隱形在砂礫荒漠中，都是極有尊嚴的生物，都可以讓堂堂人類看一眼就要倒退三步。可是，為什麼牠偏偏跑到這有著五百萬人口在穿梭在競爭在掙扎在死亡的大台北城？牠為什麼偏偏投身在車水馬龍的忠孝東路和林森南路的交叉口上？

「一條蛇怎麼可能會出現在鬧市！」我猶自忿忿不已。

「我也不知道，」女兒說，「我看到的時候，牠已經死在地上了，車子來來往往，我如果不帶牠回來埋，就會給車子壓爛。壓進柏油裡面。」

我家沒有院子，只得到樓上陽台去找個深點的花圃，把牠埋下去了事。

原住民的小孩有「蛇郎君」的故事可聽，臨安城（杭州）的雷峰塔下眾口喧騰著白娘娘和小青的傳奇。牠原來也算十二生肖裡的一個，尊貴的時候甚至被看成「小龍」。真的龍其實沒有人見過，屬於龍族的一切榮耀按理說都是蛇的。這樣尊貴的一種生物怎麼會給欺負成這個樣子？牠的神話，牠的故事都到哪裡去了？竟至於居住在台北市的我的女兒，只能淚眼汪汪的撿回一條血淋淋的小蛇來埋葬。

我有點生氣，卻又不知自己在氣誰？氣這條蛇太笨？氣事情被無以名之的某種力量驅使得太荒謬？還是氣這事令我想起千古不遇的英雄和才人？

小蛇的屍骨大概已經化成花圃中的泥滓了吧？每年春天花開的時候，我總恍惚看到蜿蜒曲繞的小蛇身軀在驚紅駭綠的枝柯間復活，並且吐信。

——原載85年1月22日中國時報《人間》副刊

比比看，哪裡不同？

聖誕節，心腸再硬的人也會激出一點柔情吧。

在這個季節，美國的白宮和台北的總統府各自邀請小朋友去做小客人，主人呢？在美國是老柯夫婦，在台北是老李夫婦。

小孩子嘛，又是過節，糖果總是要給的，從畫面上看，兩邊的小孩都撈得到糖吃了。

不知道你小時候是否玩過一種遊戲，即是把兩張圖畫並列，要你「比比看，哪裡不同？」如果你能找出甲圖比乙圖多一隻小貓，或乙圖比甲圖少一張椅子，便不免忻然自喜，充滿成就感。

我大概是個心理上脫離童年還不太久的幼稚傢伙，所以不免就在兩幅電視畫面上比較起來，其結果也立見分曉，答案如下：

老柯多了一項東西，老柯會講故事。

老柯坐在中間，周圍一圈都是小孩，老柯一手捧著本書，一手摟著個孩子，一字一句的讀那故事書。有個小孩，坐在老柯右側，聽著聽著，好奇起來，便伸長脖子去偷瞄老柯手上的書，似乎來不及地想瞧瞧為什麼這本寶貝書裡藏著那麼豐富的情節。那孩子可愛的小模樣，真叫人心疼。

啊！美國版的「聖誕節政治篇」裡多的只是一點點：只不過多了一隻小故事。而故事是多麼小多麼小啊！小到台灣的官員，目前還看不見它的程度。

我於是想起，在這島上的島官，凡活得下來並且混得有頭有臉的，大概都是十八般武藝件件精通的傢伙。赴國會，跳上議桌可以立刻打架。上寺廟，趴下去可以立刻磕頭。「那卡西之夜」，熊嘶、豹吼、蟲吟、虎嘯，各展長才，真是猗歟盛哉。此外，要撒謊便撒謊，要反悔便反悔，熟極而流，演技遠勝職業演員。

這比武場中戰況劇烈，一夕九驚，因此傷亡率也頗不少。官員和民意代表（有時也加上中學教師）目前都屬於高危險職業。而優勝劣敗，凡在這行業上倖存下來的傢伙，大抵皆如「五毒盒」裡互相吞食後剩下的蜘蛛或蟾蜍，是百毒不侵的勝利者。換句話說，我們的島上活躍著一批萬能的「啥米攏勿驚」（什麼都不怕）的酷酷族。

可是，你能想像以下諸種可怕的景象嗎？例如：

請副總統朗誦徐志摩的〈偶然〉。

請市長（任何一市），唸張愛玲的小說〈紅玫瑰與白玫瑰〉。

請××黨黨鞭講述安徒生〈美人魚〉的故事。

請國防部長來一段三國演義〈草船借箭〉。

請行政院長唸一篇聊齋。

請海基會的老大講個白娘娘永鎮雷峰塔的平話故事。

請「層峰」講講王爾德的〈自私巨人〉的童話。

哎，我想有人要開始罵我了，台灣不怕經濟不景氣，不怕工人怠工，不怕國人出走，不怕隔海飛彈，台灣的袞袞諸公全怕講故事。你只要叫他坐下來，溫溫柔柔為一個幼稚園小朋友講一則故事，他便要嚇得屁滾尿流落荒而逃了。

老柯會為孩子講故事，老李不會，但放眼政壇，能講故事的政治人物又能有幾個呢？我們的故事樹受了詛咒，很難再結出故事果來了。

——原載85年1月29日中國時報《人間》副刊

當下

「當下」這個詞，不知可不可以被視為人間最美麗的字眼？

●

她年輕、美麗、被愛，然而，她死了。

她不甘心，這一點，天使也看得出來。於是，天使特別恩准她遁回人世，她並且可以在一生近萬個日子裡任挑一天，去回味一下。

她挑了十二歲生日的那一天。

十二歲，艱難的步履沒有開始，複雜的人生算式才初透玄機，應該是個值得重溫的黃金時段。

然而，她失望了。十二歲生日的那天清晨，母親仍然忙得像一隻團團轉的母雞，沒有人有閒暇可以多看她半眼，穿越時光回奔而來的女孩，驚愕萬分的看著家人，不禁哀嘆：

這些人活得如此匆忙，如此漫不經心，彷彿他們能活一百萬年似的。他們糟蹋了每一個「當下」。

以上是美國劇作家懷爾德的作品《小鎮》裡的一段。

●

是啊，如果我們可以活一千年，我們大可以像一株山巔的紅檜，掃雲拭霧，臥月眠霜。

如果我們可以活一萬年，那麼我們亦得效悠悠磐石，冷眼看哈雷彗星以七十六年為一週期，旋生旋滅。並且翻覽秦時明月、漢代邊關，如翻閱手邊的零散手札。

如果可以活十萬年呢？那麼就做冷冷的玄武岩岩岬吧，縱容潮汐的乍起乍落，浪花的忽開忽謝，岩岬只一逕兀然枯立。

果真可以活一百萬年，你儘管學大漠砂礫，任日昇月沉，你只管寂然靜闐。

然而，我們只擁有百年光陰。其短促倏忽──照聖經形容──只如一聲喟然嘆息。

即使百年，元代曲家也曾給它作過一番質量分析，那首曲子翻成白話便如下文：

號稱人生百歲，其實能活到七十也就算古稀了，其餘三十年是個虛數啦。

更何況這期間有十歲是童年，糊裡糊塗，不能算數，
後十載呢？又不免老年癡呆，
嚴格說來，中間五十年才是真正的實數，
而這五十年，又被黑夜佔掉了一半，
剩下的二十五年，有時颳風，有時下雨，種種不如意。
至於好時光，則飛逝如奔兔，如迅烏，轉眼成空。
仔細想想，都不如抓住此刻，快快活活過日子划得來。

元曲的話說得真是白，真是直，真是痛快淋漓。

●

萬古乾坤，百年身世。且不問美人如何一笑傾國，也不問將軍如何引箭穿石。帝王將相雖然各自有他們精彩的腳本，犀利的台詞，我們卻只能站在此時此刻的舞台上，在燈光所打出的表演區裡，移動我們的台步，演好我們的角色，扣緊劇情，一分不差。人生是現場演出的舞台劇，容不得NG再來一次，你必須當下演好。

生有時，死有時
栽種有時，拔毀有時
……
哭有時，笑有時
哀慟有時，歡躍有時
拋有時，聚有時
尋獲有時，散落有時
得有時，捨有時
……
愛有時，恨有時
戰有時，和有時

以上的詩，是號稱智慧國王所羅門的歌。那歌的結論，其實也只在說明，人在周圍種種事件中行過，在每一記「當下」中完成其生平歷練。

●「當下」，應該有理由被視為人間最美麗的字眼吧？

——原載85年2月5日中國時報《人間》副刊

三個辣

在香港逛街累了，彌敦道上有一家速食店是我照例愛去的。他們賣一種麵，叫「多魚麵」。那種東西或者可以叫做「線絲狀魚丸」，配著大片上好紫菜作澆頭，雖也鮮美，但那卻不是我去光顧的主要原因。我去那裡，主要是喜歡看他們桌上的調味料。

調味料走遍天下本來差不多，無非是醬油、醋、胡椒、辣椒、芥末等。但這一家賣「多魚麵」的不同，他們桌上放著三罐辣味，分別寫上「小辣」、「雙辣」、「三辣」的字樣。第一次看到三辣並陳，不免覺得無限好奇，於是把每種都嘗一口，果真一種比一種辣，「小辣」大約是多加香料，屬於濃香淺辣，「雙辣」比較辣得有模有樣，「三辣」則麻辣火燒，讓人有吞火感。

我立刻愛上這間桌上有三辣的餐廳。原因是，他們提供「選擇」。

人生能選的東西太少了，「出生」，本來並不是我十分同意的事，它原不是我的選擇。——當然，你可以說，不愛活，你就去選擇死亡好了。但自殺實在是件麻煩透頂的事，中古世紀自殺甚至是犯罪的事。現在呢，則被看成精神病的一種。

大部分的人是在「既未選擇活」也「懶得選擇死」的無可無不可的狀態中混了下來的。是生死在選擇我們，我們不能選擇生死。

其他的事情呢？也難，譬如說婚姻，大部分的人最後選擇了第二順位或第三順位的對象，因為第一順位的對象往往另有他或她自己心中的第一順位。人類很少擁有充分的擇偶權。

據說，民主社會裡，人民能擁有「居住的自由」、「遷徙的自由」。但天知道，像鴻禧山莊那樣的地方，恐怕不是我們抉擇一下就可以搬進去的吧？即使你自願把搬家日期延到一百年以後。

那麼，對你我這種小市民而言，還有什麼是可選的？有，例如牛排三分熟還是七分熟，豆漿要甜要鹹，要不要打個蛋？吃肉臊飯的時候加配一碟燙青菜還是切它三十塊錢豬肝連？冰淇淋上要不要澆點巧克力醬？

哈！這就是我們這種沒出息的小市民大權在握作威作福的唯一時機，如果連這種權利也遭剝奪，未免活得太憋氣了。

「小辣」、「雙辣」、「三辣」本來也沒什麼大不了，無非是一點小小的刺激。辣味這種東西，除非是四川湖南人，其他的人失去它是絲毫不致影響生存品質的。只是桌上一旦有三罐辣味，你就可以作四種選擇（因為還可以選擇不要），這種快樂，對旅經香港的我真如大旱逢雲霓。而我經過香港的理由，千篇一律是基於剛從大陸出來，正準備回台灣。

中國大陸基本上是個不給你選擇權的地區，你接受分配給你的工作，住「上面」配給你的房子，冬天白菜盛產的時候，你還得承購「愛國菜」。天啊，這種日子過得多累啊！廣州街頭荔枝就是荔枝，我想選「糯米糍」，沒有！幹嘛你非要那個品種不可？那個品種都給香港人買走啦！你不吃那個品種會死嗎？

唉，對呀，你幹嘛挑？可是，我就是需要嘛！

我把小辣、雙辣和三辣的瓶子拿起，看看，放下。啊，資本主義真有它可愛的一面。我今天要先吃一勺小辣，等下吃完，再來一勺中辣，對，我就是這個主意。

第三次世界大戰要不要打？兩岸飛彈要不要按鈕？那件事沒有人來請求我簽字。我所能決定的事僅僅只是我要在我的麵湯裡放個小辣、雙辣或是三辣。而這件事，我想，也自有其無限莊嚴。

——原載85年2月12日中國時報《人間》副刊

常玉，和他的小土缽

去年秋天，去看常玉的畫，地點在歷史博物館。看常玉，而在史博館，我覺得是完全正確的事。好的畫當然送到全世界任何美術館去展都毫無愧色，但水仙養在素瓷水盂裡，襯以半白半透明的花蓮水晶石，卻當然是最美麗的。

常玉的畫因為有一段故事，所以在歷史博物館裡掛起來便顯得特別登對，特別「非伊莫屬」。

那故事是這樣的：常玉當年在巴黎，那是五〇年代的事了。當時的教育部長是黃季陸先生，黃很愛才，特別邀請常玉回國展畫，常玉也答應了。大批畫作於是便運到史博館，機票錢當然儘快寄去。不料畫家拿了錢，玩興大發，忽然想到，埃及的陽光和金字塔應該更有趣一點。於是便從巴黎直奔埃及去玩了。等他玩回來，也不知拿什麼錢來台灣，他不來，史博館就等著，等著等著，畫家竟死了。

史博館得到大師的死訊，真是悲喜交集。悲的是大師已杳，喜的是大師無後，這些畫肥水不落外人田，無意中落葉歸根，全歸了史博館永久代為保管。冥冥中大師是否已經預知，他把原來預定現身在開幕酒會上的那個常玉送到埃及人面獅身巨像面前去了，在那巨大的美面前，生命已無憾，至於他留下的紕漏，他已用自己一生的畫作來補過了。

那些畫，往往因為一時手頭沒錢（如果有錢，幹嘛不喝酒呢？），便去找一幅門板木片來畫。於是這世上便有了一批奇怪的「木板油畫」。木板和油彩的關係有時不好，便會剝落一角，非常駭人。至美和至醜竟會在同一張畫板上出現，那裡面不免有些警世的意味。

史博館的展覽場有圈外廊，看累了可以出去看看荷花池，秋天沒有荷花，只幾莖殘葉，但也夠令人騁目的了。

那外廊還有個好處，如果你看畫看到要流淚的程度，趕快奔出去倒是一處不錯的淚亭——而看常玉的畫是往往令人要墮淚的。

曾有一段時期，西洋畫家好像總要畫一畫瓶花，其中也包括梵谷那幅向日葵。西方畫家畫起花來淋漓飽滿，令看畫的人兩隻眼睛看到來不及的程度，真是繁花如錦，逼人痴醉。

那常玉也畫花，奇怪的是洋人畫的是「切花」，常玉的花卻種在小小的長方形土缽裡。那缽，照我看分明也是常玉老家四川某窯的出品。常玉畫花為什麼非要附贈一小缽淺土不可呢？我想那就是他的堅持吧？客居歲月，在巴黎，在西方之美的霸權中心，他抵抗著，他畫的小花樹搞不好就是他自己吧？他心中必然也貯存了一小把泥土供自己活命用吧？

離奇的是那麼小的缽那麼淺的土，不但長出了一棵樹，居然還開了一批小花，展了幾片葉芽，甚至還停駐了一隻小鳥，小鳥甚至還唱著歌。

我總覺得那花鳥那小樹那土缽背後有一句等待解讀的話——然而，不要，不要說破，史博館有一面美麗的廊，且讓我到那廊上去站一站吧！

——原載85年2月19日中國時報《人間》副刊

大師．樹林．鳥蛋

長夏，薰風南來的長夏。一夢悠悠的，長夏。

我們在美國旅行，一路看些校園建築，這一天，來到普林斯頓。

我對普林斯頓沒有反應，我只知道愛因斯坦，彷彿那古樹，那教堂，那圖書館，那美麗的噴水池全都不算數似的。

「啊，想想，從前，這裡有一位大師耶！」

「啊，對了，」朋友看我發了癡，立刻附和，「這樣吧，我帶你去看愛因斯坦散步的樹林。」

丟下我們一家，朋友暫時走了。於是我們小小心心一步一履的來走這條愛因斯坦小徑。

不是古木參天，遮天蔽日的那種森林，卻也不乏佳木秀樹，令人流連顧步。想想，「黑森林」是有點可怕的，那麼黑壓壓的，彷彿裡面天經地義就該窩著一夥盜匪。而這種敞亮的樹林卻令人安心，天光雲影徘徊在上，小松鼠逡巡在下，而老樹又不時提供一些不按牌理出牌的古怪造型，令人瞠目半天，不知所解。

啊，原來要養一個愛因斯坦，所需要的不僅是什麼國科會的研究津貼，而是一整片森林。

我繼續往前走，雖沒有什麼高山谿谷之勝，卻也沒有任何一步的景觀是不變化的。走著走著，忽然眼前一亮，小徑上出現一片粉粉藍藍的小東西，只有指甲蓋那麼大，我俯身撿起來一看，原來是鳥蛋的殼。是什麼鳥？殼兒設計得那麼漂亮？上帝大概有點耽美的癖好，大不了一個蛋殼，卻也搏上了全力。蛋殼底色是「雨過天青」的湖水藍，間或有幾粒棕色小斑點，那斑點大約是為了混淆視覺設計的，像野戰部隊的迷彩裝。

那蛋殼頂在我的食指上，我呆呆的瞪著它看，不知該怎麼辦。真的，任何東西只要一好得過頭，我就會手忙腳亂，不知所措。愛因斯坦當年也看過這種蛋殼吧？當他俯首撿起一枚碎蛋殼的時候，他也曾心悸神慌嗎？從蛋殼的弧度看去，那粒蛋大約是三公分乘二公分的橢圓，是知更鳥的蛋吧？鳥蛋的背後可能藏著一段情節，它可能意味著雛鳥孵化，留下蛻殼。卻也可能為敵人掠食，未見日光即死。但有一件事是確定的，那就是說：這個小樹林裡有鳥，而這鳥，也仍有產卵的生殖能力。

國人形容某個地處蠻荒的所在，常說「那個鳥不生蛋的地方」。其實，錯了，鳥不生蛋的地方是台北，地理位置愈僻遠，鳥越有機會生蛋，在台北，鳥即使生蛋，也會因為污染問題而致蛋殼脆薄，難以孵化。

美國那麼大，可看的東西那麼多，我卻怔怔的對著一片鳥蛋殼發愣，究竟是愛因斯坦？是普大？還是這座幽明千幻樹林子令我著了迷？

就人類而言，像愛因斯坦這樣的角色應該是不可缺的。對愛因斯坦而言，一座可供散步和沉思的樹林應該是不可缺的。但對樹林而言，一窩子禽鳥卻非有不可。至於鳥巢中非有不可的東西，當然就是幾枚鳥蛋了。

大師已杳，就算我有幸曾趕在他生前和他一起在林中散步，我願意牢牢記住的，恐怕也仍然只是那枚鳥蛋吧？

——原載85年2月26日中國時報《人間》副刊

歲月・飛鳥・錢夾

過年的時候——我指的當然是中國年啦——人很容易莫名其妙的就善良起來。好在一年只過這一個年，如果天天過年，天天善良，我豈不是完了？

今年因為逃過了一九九五年閏八月，頗有劫後餘生的意味。把舊日曆從牆上拿下之際，心裡為自己也為二千一百萬人暗暗喝采。

奇怪的是，過陽曆年的時候，只把新月曆掛了上去，並沒有想到要把舊月曆拿下來。為什麼？因為並沒有改朝換代的感覺。現在有了，中國年才有更替鼎革之意。

但手捧一本舊月曆，你拿那逝去的三百六十五日怎麼辦呢？這舊月曆真令我為難。去年和前年我都用飛鳥圖案的月曆，鳥是畫的，畫家是楊恩生。看畫鳥，感覺上如見畫餅，心中不免有些悵悵然。想來是因為拍攝不易，只好畫了。而拍攝不易是因為鳥快死光了。

每個月每個月，在翻過歲月的扉頁之際，好鳥的羽翼翩飛，令我出神。啊。親愛的八色鳥，親愛的黃腹琉璃，親愛的河烏……為我活下去吧，我們彼此都是生存不容易的生物，大家互勉吧！

非常奇怪的一件事是：

對我而言，這些畫中鳥，仍然棲息在樹上。

而我所謂的樹，此刻已然是紙。

摸著由樹木投胎轉世的紙，我仍能感到沁涼的綠意，我仍然感到月光從當年的枝椏間篩下，如沙漏瀉屑時的晶白。

畫中的鳥定定的站在那裡，牠並沒有覺察樹已成紙，而紙也渾然噩然，竟沒有發現此身已不再是樹了。

紙和鳥是如此相依相就，恰如樹和鳥。

我因而不忍將二者放入廢紙箱裡——對我而言，這世上並沒有一種東西叫「廢紙」，「廢人」或許有，廢紙卻不存在，紙總是有用的。我喜歡那句古老的諺語：「船破有底，底破，有三千釘。」

用剩的月曆紙能幹什麼呢？我說過，舊曆年令人不由自主的善良，有如洋人一逢到聖誕節便轉換頻道，成為天使。

我凝視那紙，漸漸的，我明白了，我可以用它做一個紙夾。把歲月，把飛鳥，摺成一方小小的錢夾。

來。

爆竹聲中，我慢慢摺疊，這其間，當然還有許多瑣事，但三天之後，我摺出一百個錢夾

我很快樂，這些紙，這些鳥，這些歲月，此刻又成了錢夾。如果我有本事贈人以錢，大概可以引起街頭小小的快樂騷動吧？但我只能贈人以錢夾，我想，這也許更好。

而紙夾又是比皮夾好的東西。皮夾的背面沾著某隻可愛動物的血。它雖然觸手柔滑熟韌，卻不免藏著一聲悽厲的哀鳴。皮革，誰不愛呢？不過，能不用它就不用吧！

紙夾，除了不夠氣派，其實非常好用，而「氣派」那東西，誰真的需要它呢？

每一張紙都是一截樹木為我們粉身碎骨以後的遺容，我們理當感恩懷德。對待每一張紙都像對千元大鈔一般敬重珍惜吧！他們本是同根同生的生命啊！

不管機械文明發展到那一地步，親手工作仍是好事。一旦把一百枚錢夾做完，內心喜悅無限，彷彿那些歲月重新有了歸依，而飛鳥，在繞樹三匝之後，也一一找到可棲之枝。

（錢夾一百枚，後來都簽了名送給需要的人。）

——原載85年3月4日中國時報《人間》副刊

酒井先生的笑容

隆冬，北海道，盛雪。

「你不要露出興奮的樣子啦！」朋友警告我：「人家日本人為這場冰封大雪，煩都煩死了，你興奮，倒像在幸災樂禍似的。你知道上個禮拜，還有人死在車上，雪封了路，他又有心臟病。」

可是，我是終年不見雪的人，偶然見了，難免像發了橫財，忍不住就要跳要叫。

我們去了札幌的民俗村。

「不要進去吧！」門口迎出了管理員來勸阻我們：「今天雪大啊，雪倒是剷了，可以走，但我看是不必了。走不好，會跌一跤的。」

他的話說得異常誠懇，我忍不住要去看一看他胸前的名牌，這個人的名字我要記住，這麼好的人。原來他姓酒井。嗯，我喜歡酒井這個名字，有點仙家氣味。他臉圓圓的，凍得微紅。日本人說話本來就有一種誇張的認真，他則是比認真更認真的口氣。

但我們還是婉拒了他的勸告，執意要走進村子，兩側的雪堆得一人高，我們竟像走在壕溝裡。

果真是一個遊客也沒有，我們走著，穿過那些古老的拉門，一時之間，竟恍惚走回民國三十八年的台灣。登上玄關，雖然只是慣見的榻榻米和紙門，卻也如見故人。那小小的落地窗台，如果不是留給我的又是留給誰坐的呢？

至於那盞白瓷燈罩，分明也是從我家故居搬來的。

走著走著，倒也不覺冷，我的桃紅色的羊毛圍巾竟讓我自覺擁有祕密禦寒武器似的。整個村子看來都是些不知從哪裡搬來的老屋，算是「眾房子的老人院」吧？一棟棟立在那裡，在闃無一人的雪景裡，既淒涼又溫馨。

忽然，路的左側有人大喊了一聲，我不懂日文，嚇了一跳。仔細一看，立刻明白這隊人馬是電視台的，他們架好機器在那裡等待魚兒進網，想來他們也等了好半天了。他們要求我們再走一遍，供他們入鏡。反正大冷天的，包頭包臉，也無所謂上鏡頭不上鏡頭，我倒是慶幸那條桃色羊毛巾和雪地的顏色極稱。如果我懂日文，我會告訴他：「我不想上電視，但這桃色圍巾值得上，我姑且權充這圍巾的撐架，一起走進鏡頭吧？」

折騰了半天，他們告訴我們播出的日期，但旅途匆匆，誰管它呢？我們又四處逛逛，便強自收斂遊興，折回原路。漫天大雪，竟然硬生生的把太陽逼成一輪幽幽月色，倒也離奇。

在這種詭奇的月色下，我們又回到入口處，令我大吃一驚的是，酒井先生居然還站在那裡。看見我們，他高興的又笑又叫：

「哎呀，哎呀，真好啊，你們平安回來啦！」

啊，真是豈有此理！做管理員做到這樣，簡直是把遊客當子女來關懷！二個小時以前，我們乘興前行，竟害得他如此忐忑不安，想來真不免有幾分過意不去。

一直記得他的臉，大雪裡的一枚紅石榴，笑得開心到爆裂的程度。我才驀然體悟到，原來「無恙」是那麼值得慶幸的事。

——原載85年3月11日中國時報《人間》副刊

肖狗與沙蝨

真實故事之一

我有個甥姪輩的小孩，算是聰明的，分在資優班。

有次眾親戚聚集，他因為剛入小學，十分興奮，便忍不住搶先發言，長輩看他機伶可愛，也都聽他，他的宏論如下：

「你們知道嗎，世界上雖然有十二生肖。可是，其實都是做個樣子的啦，真正說，大部分的人都是屬狗的。」

大家望著他發呆，不知他怎麼會發此高論。

「你怎麼會這麼想呢？」

「這是事實嘛！」他對自己的偉大發現顯然十分得意：「你看，我屬狗，我問坐在我前面的同學，他也屬狗，後面的也屬狗。左邊右邊，全班我都去問，差不多都屬狗。」

大家聽了，當然哄堂。

這小孩的笑話，放在學術行裡倒很容易歸類。他的調查數據因取樣有問題而不正確。試想他在同班同學裡前問後問，問來問去的都是跟自己同一年次的人，他們當然有理由都屬狗。

真實故事之二

塔克拉瑪干大沙漠，這號稱「有進無出」的絕域，七年前吸引了一隊澳洲人前去探險，他們當然雇了一些本地「佚子」料理雜物。而由於人員浩蕩，必須雇駱駝拉補給品。而駱駝雇多了，又必須再雇駱駝專拉駱駝糧食。一切妥當，終於上路。

大沙漠的可怕不在獅虎熊羆出沒，而在於千里萬里寸草不生。你連一隻蟑螂也看不見，你走在絕對的死寂裡。

探險家是一批怪人，他們吃苦犯難，不圖名利。不過，如果上天容許他們發現一彎湖泊，那他們會高興得在夢裡也會笑掉下巴！

走著走著，這一天，好運來了。有人在明明灼灼的大太陽下看到沙地上清清楚楚有一隻蝨子在爬。哇！不得了！快樂的旅行家簡直要落淚了，他們立刻七手八腳拍攝圖片，打算立此為證。想想看，人類史上第一個在絕域中發現生物的就是他們啊！

拍完了所有角度的資料，他們又打算把蝨子帶回去做標本。這時候，拉駱駝的伕子說話了：

「幹嗎呀？他們對這隻蝨子那麼熱心，還給牠拍照。」

「這是不同的，」翻譯人員向伕子解釋：「一向都說塔克拉瑪干絕無生物，可是我們就在砂地上發現了一隻，這當然是破天荒啦！」

不料伕子大笑起來：

「哎呀，這不是什麼，這是我家駱駝身上的蝨子呀，駱駝走著走著，蝨子掉下地來，就這麼回事嘛！」

全隊的人一時都愣了，前一秒鐘的美夢此刻全破滅。該死的蝨子，騙人，明明長在駱駝身上的臭蝨子，卻敢以「沙漠獨活俠」的姿態出現！

探險家只犯了一項錯：他們看到了「此刻」蝨子在沙地上爬，他們沒有看到「剛才」牠還在駱駝身上，他們昧於歷史。

●

講完兩個故事，學生每每很捧場的大笑，我也每每乘勝追擊（這是我做教員的職業病）：

「笑什麼，你們以為只有小孩和探險隊才會亂下結論嗎？你們以為政客不會錯弄統計數據嗎？在學術界的專家學者就不會鬧這種『少掉了一根歷史筋』的笑話嗎？——而你們，你們這些被專家學者的資料餵大的學生，難道就不會吃下錯資料嗎？小心啊，至少，要有點常識，好嗎？」

——原載85年3月18日中國時報《人間》副刊

自作主張的水仙花

年前一個禮拜，我去買了一盆水仙花。

「它會剛好在過年的時候開嗎？」

「是呀！」老闆保證：「都是專家培育的，到過年剛好開。」

我喜孜孜的捧它回家，不料，當天下午它就試探性的開了兩朵。

第二天一早，七八朵一齊集體犯規。

第三天，群花飆發，不可收拾。

第四天，眾蓓蕾盡都叛節，全叢一片粉白郁香。

我跌足嘆息。完了，我想，到過年，它們全都謝光了，而我又不見得找得出時間來再上一次花市。沒有水仙花的年景是多麼傖俗可憐啊！

我氣花販騙我，又恨這水仙花自作主張，也不先問問禮俗，竟趕在新年前把花開了。

正氣著，轉念一想，又為自己的霸道駭然。人家水仙花難道就不能有自己的花期嗎？憑什麼非要叫它依照我的日程規章行事不可？這又不是軍事演習，而我又不是它的指揮官。

我之所以生花的氣，大概是由於我事先把它看成了「中國水仙」（洋人的水仙和我們的不一樣，洋水仙像洋妞，碩壯耀眼，獨獨缺少一番細緻的幽韻和清芬），既是中國水仙，怎能不諳知中國年節？

可是今年過年晚了點，都是去年那個閏八月鬧的（那個閏八月，嚇破了多少人的膽啊！），弄到二月十九日才來過年，水仙花忍不住，便自顧自的先開了，我怎麼可以怪罪它呢？

「我是北地忍不住的春天」，那是鄭愁予的詩，好像單單為了這株水仙寫的。它忍不住了，它非開不可，你又能把它怎麼樣？

自古以來，催花早開的故事倒是有的。譬如說，武則天就幹過，《鏡花緣》裡，百花仙子出外下了一局棋，沒想到女皇帝竟頒了敕令，叫百花搶先偷跑，趕在花期之前來為她的盛宴湊興。眾花仙一時胡塗，竟依令行事。這次犯了花規花戒，導致日後眾花仙紛紛貶入凡塵，成就了一段俗世姻緣。我至今看到清麗馨雅的女子，都不免認定她們是花仙投胎的。

唐明皇也曾臨窗縱擊羯鼓，催促桃杏垂柳大駕光臨。照現代流行話說，就是唐明皇加入了朱宗慶打擊樂訓練班，並且他相信花朵聽得懂音樂節奏，他要顛覆花的既有秩序，他要打破花國威權。他全力擊鼓，他要為花朵解嚴解禁。故事中，他居然成功了。

「就為這一件事，你們也不得不佩服我，把我看作天公啊！」他四顧自雄的叫道。

我不是環珮鏘然，在揚眉之際已底定四海的武則天。也非梨園鼓吹、風流俊賞的玄宗皇帝。我既沒有跨越仙界催花鼎沸的手段，也缺乏挽留花期，使之遷延曼遲的本領。我是凡人，只能呆呆的看著花開花謝，全然無助。

水仙終於全開了，喝令它不許開是不奏效的，但好在我還能改變自己，讓自己終於同意高高興興去品賞一盞清雅的水仙，在年前。它是這樣美，這樣芳香，決不因它不開在大年初一而有所減色。

故事後來以喜劇結尾，有人又送來了另一缽水仙。這另一缽水仙，在除夕夜開了花，正趕上年景。但我還是為第一盆早開的水仙而感謝，它不僅提供了美麗，也提供了寓言，讓我知道，水仙，也是可以自作其主張的。

（擊鼓催花的故事極美，忍不住抄錄在這裡奉送：

嘗遇二月初……時當宿雨初晴，景物明麗。小殿內廷，柳杏將吐，覩而歎曰：「對此景物，豈得不與他判斷之乎？」左右相目，將命備酒，獨高力士遣取羯鼓。上旋命之，臨軒縱擊一曲，曲名〈春光好〉。神思自得，顧及柳杏，皆已發坼，上指而笑謂嬪御曰：「此一事，不喚我作天公可乎？」）

——原載85年3月25日中國時報《人間》副刊

誤入桃源

那是一家小店，位置在一間大醫院側面。小店門口有個小招牌，招牌上二排大字，第一排是：

影躺小雕

第二排是：

印椅說刻

什麼叫「影躺小雕」呢？向來只聽說藝術家僱用模特兒來鑄造其形，沒聽說可以雕鏤人家的影子的。雕影子也就罷了，還為什麼要躺著雕呢？而且，什麼叫小雕？只聽過浮雕，居然還有什麼小雕，也真出奇。

至於「印椅說刻」又是什麼鬼呢？我姑且來大膽猜一猜，也許是一種骨董椅子，椅子的木料是明人小說的刻版，刻的也許是金瓶梅。也許是「杜十娘怒沉百寶箱」。總之，人一旦坐下來，背上可能印出一段「白娘子永鎮雷峰塔」，腿股上也可能捺下一頁「孫悟空大鬥白骨精」……。

我走進店家，想一探究竟，答案出來了，原來這小店有四項服務：

影印
躺椅
小說
雕刻

我把橫排看成了直排，竟產生那些一廂情願的聯想！唉，我多麼希望看到什麼是「影躺小雕」，什麼是「印椅說刻」啊！

「男女因誤會而結合，因了解而分離」，這是才子王爾德非常有深度的「數貧嘴」，令人不得不佩服他滑舌之下的真智慧。

可惜文字也常如此，絕妙好詞常來自誤會，一旦可解，則詩意頓然歸回凡俗，消失殆盡。

•

有位香港牧師講了一個故事：

「四十年前，在沙田，有間教會做了六個霓虹字：『信耶穌，得永生』，但燈管壞了，映出來的竟是『信耶穌，得水牛』，農民一時大喜，紛紛跑到教會去……」

唉，想想，那些農民在誤讀那六個字的時候是多麼快樂啊！永生不永生，他們不在乎，但水牛是多麼好的禮物啊！

•

羅馬尼亞裔的戲劇家尤涅斯柯（台灣在民國七十一年曾以平劇演過他的名劇「椅子」），在嬰兒時期就學了法文，以後也一直以法文寫作。三十多歲，卻因當英文校對，自覺應該學點英文，於是便去學了。用的課本叫「學英文不費力」，課本裡充滿了大串的「無聊的真理」。例如：「一星期有七天」啦，「地板在下，天花板在上」啦。他受這事刺激竟創出了一部劇本，劇本原來想用他課本的名字，就叫「學英文不費力」，一度又想改成「英國時間」。事有湊巧，當時戲已開始排，有位演員唸錯了台詞，把一句「金髮碧眼的女教師」唸成了「禿頭女高音」。不料，尤氏一聽之下驚為天啟，立刻就採用這句話作了劇名。

尤氏自此開了「反劇派」新宗，全仗著那演員一時口誤之功。想想看，金髮碧眼的女教師，有什麼意思？「禿頭女高音」才好玩咧！

人類大部分的生涯都受控於語言，很難想像唸錯字說錯話、看錯行，是那麼有趣的事。人生苦短，希望有機會多看錯一些文字，多唸錯幾行句子，想必好玩得很。桃源，向來是誤而後入的。

——原載85年4月1日中國時報《人間》副刊

立志把自己慣壞

啊！想來想去
如果要給一九九六立個新志向
可也大費周章
譬如說，當總統就萬萬使不得
（喂！說髒話也該「限級髒」）
而「兩岸停火」的信用卡，
也並不等我去簽帳
「地球球長」的位子至今雖然空著
但基於我一向不太滿意這枚混球的形狀……
（我是保守黨，喜歡傳統的天圓地方）
於是我毅然定下了「年度業績新主張」

從今天起，立志把自己慣壞
讓劣蹟敗行一一綱舉目張
餵眼睛一滴青山，犒耳朵幾排海浪
籌詩為贖款，就可以贖回靈魂
免得它在當鋪裡流了當
玩一塊琥珀，有如虎符在握，可以令時光轉場
讓你從事八千年前的飯後散步，牽著寵物長毛象
桀紂才須戒酒，以成就聖君賢相
其他凡人則不妨，反正手上並沒有一個國可以亡
下酒，以苦味的馬勒
零嘴，聖教序裡有褚遂良
啊！上天，請幫幫忙
助我輩把自己慣壞，並且壞得有模有樣

後記：

這首詩，原是新年期間寫給自己把玩的，本來並不打算發表，直到發生了如下的情節：

三月裡，我折了一位朋友，朋友姓酈，自高中就同學，聯考又湊巧考進同一所大學，也算有緣。當年班上我和她年次比人家晚，而她月分又比我小，所以算起來她是全班最小的了。最小的人卻遽然撒手，實在令人氣憤，此人也太不懂遊戲規則了。

她平生是完美主義者，訂婚典禮上的緞子禮服我至今記得。她大眼纖腰，算是個小美人，辦起事來盡心竭力，簡直是永遠的模範生。

就連生病，她也模範極了，幾次乳癌手術，她從未喪志，一會兒自家種起健康蔬菜來，一會兒赴大陸學氣功，術後復健更是努力不懈。這樣的人也會死，真想找誰吵它一架！

連死，她也死得模範。她悄悄的捐贈了遺體，也不發訃。靈堂上只見白色姬百合，一一皆彷彿她皎潔的化身，芳香不染一塵。後事，一筆筆她都交代清楚，正像她的本行——會計，她把人生這本帳，對得一絲不差。

然而，又怎樣呢？「這個故事給我的教訓是……」啊！我回家再看看自己的歪詩，原來只打算勸自己使壞，現在想想，也不妨勸天下人都不要過分善良。那些自約自斂的好人都活不長的，大家一起努力把自己稍稍寵壞一點吧！

我因此發表了這篇自惕自勵之作，期與天下人共勉。

——原載85年4月8日中國時報《人間》副刊

五點半，赴湯蹈火的時刻

前廊朝北，朝暾夕暉都能略略看到一點。但近年來高樓愈起愈多，漸漸地，只能靠「感覺」去體會晨曦晚照了。而此刻，便是我「感覺晚霞」的時刻。附近大廈的窗玻璃上有一點點介乎淡金和淡紅之間的夕陽色，我就呼吸吞吐這一片夕陽色。

練氣的人吐納空氣，而我，吐納美。給我一抹朝雲，給我半縷晚霞，我就能還魂。不管我當時怎樣潦倒虛脫，美麗，總能讓我起死回生。

然而，五點半了。

我嗒然收回目光，轉身去做我該做的事，我，去赴湯蹈火。而我所謂的赴湯蹈火是指廚下的工作。在廚房裡，火是烈的，水是滾的，刀是鋒利的，砸肉的錘子是尖削的……，戍守金門馬祖的戰士當然辛苦，他們的確是在從事一項危險工作，但卻未必每日有人負傷。而廚房，我敢說，每天都很負責的製造一批傷患。不管是燙傷、灼傷、砍傷、刮傷、壓傷、跌傷……。為什麼沒有人發給家庭主婦一筆「高危險工作」獎金呢？我真不明白（當然，如果家庭煮夫受傷，也應一視同仁）。

流行歌曲裡、小說裡、電影裡，時常重複「寂寞主題」。我這人不知是由於遲鈍、忙碌，還是善於在讀書之際和古人聊起天來，因而始終不太知道寂寞為何物。經驗中每次令我深感寂寞的地方只有一個，就是廚房。而我覺得最寂寞的時刻也只有一個，就是煮飯的時刻。

為此，我幾乎想訂製一面壓克力牌子，掛在廚房——我的執業所在——門口，上面寫：

「喂！請進來陪陪我呀！我正站在地球上最寂寞最荒涼最孤絕的地點！」

或是：

「急徵工作伙伴，不需經驗。」

不過，目前還沒有動手製作（一旦製作，搞不好會廣受家庭主婦歡迎而搶購一空）。現在我用的方法是「口頭傳播」，每次如果家中有人，而家人坦然看著我赴湯蹈火的時刻，我是不肯那麼甘心就從容就義的，總要大呼小叫：

「這道菜炒好了，快搬上桌！」

「筷子拿了沒有？」

「這湯滾燙，記得先放墊子！」

如此喳呼一番，一時竟誤以為自己身在前線。想起舊小說裡有一句話形容勇敢和忠誠，說「火裡火裡去，水裡水裡去。」意思是指「如果你需要我到火場去——我會為你去；如果你需要我為你下水域，我也會為你去」。

（翻譯太文藝腔了，還是原文鮮活。）

但家居過日子，哪有什麼工作是需要火裡烤、水裡鑽的？那句話我看用作愛情誓詞還差不多，還可以再加幾句，變成：

「油裡油裡去，麵裡麵裡去，米裡米裡去！」

美劇作家懷爾德的劇本裡有一句令人嚇到可以從椅子上跌下來的話，他說，一轉眼，你已和你身旁的老伴吃了五萬頓飯了。

我起先以為他胡扯，後來仔細一算，兩個人如果一天三頓飯都一起吃，一年便是三百六十五乘三，等於是一千零九十五頓，（如果碰到閏年，像今年，就又多三頓）這樣算起來，不到五十年金婚，就已經累積到五萬頓了。

問題是，這五萬頓飯是誰煮的？大概是像我這樣的女人煮的吧？

有沒有哪位才子佳人的婚姻誓詞是這樣說的：

「我願與對方共同洗米掌勺，即使五萬頓飯，也在所不辭。」

啊，不說了，今天晚了，我赴湯蹈火的時間到了！

T．S．艾略特的詩：「四月，是個殘忍的月分。」

評註家討論不休。

我把它改寫一下：

「五點半，是個殘忍的時刻。」

天可以塌下來，不過，它最好在五點半以前塌，否則到了五點半，我還是得去煮飯的。

——原載85年4月15日中國時報《人間》副刊

關於老連欠我錢的事

——保護智慧，保護誰的智慧呀？

「老連欠我錢哩！」我對我的朋友烏子虛先生說。

「你說哪個老連？」

「就是行政院長連戰呀！你以為還有哪個老連？」

「老連會欠你錢？哈！哈！哈！你別笑死人了，人家富可敵國，會欠你這個窮作家錢嗎？」

「嘿！嘿！欠就是欠，我如果說無影的就會死！」

「他到底欠你什麼錢？說來聽聽嘛！」烏子虛先生被我說得糊塗了。

「是這樣的啦！我在三十年前寫過一篇文章，這篇文章叫〈行道樹〉。而在十年前，教育部治下的國立編譯館把這篇文章偷偷的編進國中課本，事先既沒有徵求同意，事後也沒有付過一毛轉載費，而每屆國中生怕不有十萬之眾，十年下來他們把我的文章印了一兩百萬本，這種大規模的盜印行為，也是世所罕見的吧？」

「你既說事情沒有通知你，你又怎麼知道的呢？」

「啊，有個國中校長，叫郭晉秀的，也是位女作家，她很熱心，寄了一本給我。」

「所以你就看到了？」

「不，我沒有看到。」

「為什麼？」

「郭校長寄了書給我，就追問我看到沒有，我也是這樣告訴她的。我收到了，但我不看，我不喜歡看『偷印』的東西，為了保持我的眼睛純潔，我決定把它堆在書架最上層，以免我的眼睛受到污染。」

「除了這一家還有別人偷用你的東西嗎？」

「有多少也不記得了。但最近一次很好，是政戰學校來徵求同意，你看國防部比教育部還懂禮一點，真是『兵遇見秀才，有理說不清』。」

「如果錯在教育部，那應該是郭為藩欠你錢嘛！」

「教育部當然是屬於行政院的嘍！」

「不是聽說我們有著作權法嗎？」

「有是有，不過照我看那些條文是美國人拿一條叫三〇一的棒子猛打屁股打出來的。」

「所以說，我們現在比從前進步了，我們懂得尊重人家的智慧財產權了。但所謂人家，是指美國人，中國人不是人，中國作家尤其不是人，要保護也不必來保護中國作家。」

「對，你終於開竅了！」

「不過，我好像聽說，選教科書的人有特權，可以隨便選人家的文章哩！」

「假如有這麼一條法，那也是『混帳法』，你想想教科書的印刷費可以免付嗎？」

「沒聽說有那麼大方的印刷廠！」

「你想教課書的紙張可以免付錢嗎？——為了支持偉大的教育事業。」

「哪有這種瘋子紙廠！」

「那麼，整本書裝訂、經銷，哪一樣可以不付錢？」

「哪一樣都不行，哪一樣他們都不敢欺負——除了作家。」他想了一下，又說：

「哎呀！我明白了，哪一定是你們好欺負，那就不怪誰了。只是奇怪，我聽說老連他們將來還要免費送課本，奇怪！奇怪！他自己左手欠錢不給，右手還要裝大方去送禮。」

「對呀！他欠韓愈、欠李白、杜甫的也就罷了，但他欠我哩，我還活著呀！」

「奇怪，」我的朋友老愛說這兩個字，「台灣外匯存底那麼多，為什麼還叫我們的小孩買盜印書呢？我們國立編譯館為什麼印非法書籍來教壞小孩呢？」

「我怎麼知道——總之老連欠我錢啦，從民國七十五年一直欠到現在啦！」

「嗯，對，我同意！老連和整個行政院、教育部都欠你錢！」

——原載85年4月22日中國時報《人間》副刊

聞歌

聽小孩唱歌，別有一番大驚動。

這小孩唱的是首黑人靈歌，歌名叫「老黑喬」，算是一首許多人聽熟了的歌。我當時正開著車，猝不及防，這小孩的歌，便沿廣播系統流滿一車，讓人無從閃躲。

黑人靈歌別有肺腸，是傷心到極處以後的自我療程。聽者幾乎可以從那歌聲中揣摩歌者似乎正一面舐著剛剛新綻裂的鞭傷，一面用歌聲反擊。

沉默的時候，黑人是輸家——可是，只要黑人一開口，連天使都要震動三分、退避三分。那歌聲是整個非洲的鄉愁，加上整個美洲的載重。是夜半無人時，從鹹鹹的傷口裡噴灑出來的甜甜的讚美和頌詞。初聽一聲黑人靈歌，如遭雷殛，站不穩，連退三步的事也是有的。

黑人唱「死亡」主題，淡淡的憂傷中自有其無限的甜柔蜜意，死了，告別人世的苦厄悲辛，與逝者永相歡聚。再沒有人詮釋死亡詮釋得如此安詳利落。

然而這種一事不經的小孩又懂得什麼叫死亡呢？他們連病痛和衰老都不見得能想像，他們又哪裡知道什麼叫死亡呢？不知道什麼叫死亡的人如果唱死亡也是不足畏也，怕它作甚？但，奇怪的是，這些不懂死亡的孩子唱起死亡來竟一樣令人痛斷肝腸。這大概略如某些人相信梵文經典具有法力，即使交由「有口無心」不識梵文的小和尚來唸，也一樣可以降魔伏虎。

音樂和文字大概也具有這種魔異法力，不須經過什麼偉大的詮釋，竟也自自然然能怡人。歌者只要乾乾淨淨的把它唱出來，唱得準準確確，效果便如柔弱的女子纖指輕按密碼，只要按對，巨大的閘門自可挪開。

成人唱歌，不知為什麼有時反而壞事。成人不透明，他總是把一首藍色的歌加點紅，唱成了紫。或者加點黃，唱成了綠。結果詮釋變成了扭曲。他又像在素雅的雪菜百葉的翡翠白玉般的組合中加了一匙黑烏烏的醬油，他又像在香甜焦黃的炸黐糰上不由分說的灑上了黑胡椒醬。

孩子卻是晶瑩剔透的，沒有雜質，沒有解釋，而你不可能誤解。

好的成人懂得在詮釋之際保留本質。如果歌是藍的，他加點黑，使顏色變成暗藍，或加點白，使顏色變成粉藍，加點鉛色，變成銀藍……好的成人歌者只用一點自己的色彩去襯托、去說明，卻不離其本。顯得那一點點出軌像美人身上的香水，雖也詮釋了美人，卻總在若有若無之間。

下一次，我想，下一次聽小孩唱歌我要小心一點，他們也可以引發極強的點爆力，他們笑面如蜜，歌聲香膩如楓糖漿。但他們卻可以讓聞歌的耳朵如遭薄刃，如逢地雷，只要他們唱的是一首悲傷的歌，你休想逃脫音樂的掌心。孩子是音樂世界的小帝王，決不因為他們小而短少王權，權杖一旦伸出，致命的裁決還是有效的。

啊，想起那直著喉嚨唱出的童音，想起「老黑喬」的調子，是如何令人熱耳酸心啊！

——原載85年4月29日中國時報《人間》副刊

有誰死了嗎？

辦公室附近有個菜場，菜場附近有片空地，我有時會驅車從那裡經過。「空地」這個字眼，在台北是不存在的——果真，沒多久這片土地就堆滿東西。什麼東西？垃圾。不是廚餘垃圾，多半是些床墊、桌子、椅子、電視、電扇，有時則是作廢的玻璃魚箱，（不知道那些魚都死到哪裡去了？）也有時堆著過時的衣服和玩具。

廣場前不知從何時開始，豎起了一面牌子，牌上用大字寫著「有攝影機，請勿在此傾倒垃圾」。看來當然是唬人的，於是唬者自唬，倒者自倒。我如果不太忙，常會下車看看那一堆堆壯觀的「生活渣滓」，懷著十分淒傷的心。幹嘛要停車看那些奇怪的東西，我自己也說不上來，總覺得那裡面有很多悲涼，二十六吋的螢光幕，周圍曾環繞一家人的燕聲笑語吧？而現在，戲仍在，戲台卻拆了。雙人彈簧墊，有多少旖旎的風光，現在只待拖去掩埋。腳踩縫衣機，曾經一家老小的衣服都靠它縫、靠它補，現在卻愁苦淒傷，在微雨中木板給淋得滴下水來……。

有一天，天氣好，我忽然看到一堆亮眼的物事。仔細望去，原來是一些刺繡品。是廟會戲台上常見的那種凸繡，雜以金線銀線，艷麗閃爍，令人開不得眼。

奇怪，這一張一張的繡品，當年也是花了大價錢才辦出來的吧？如今說丟就丟，不心疼嗎？

我仔細辨別那些繡品上的字，叫「廣東潮藝國樂社」。把樂團的繡帔紛紛丟掉，不免是件怪事吧？要說這廣場垃圾之怪，用無奇不有來形容也不為過。貴重的如電腦，高雅的如油畫稿，巨大的如櫃子，精小的如玻璃彈珠，每樣東西對我而言都是小小的驚奇，但唯這六、七張繡帔，令我發呆發愣，不知如何歸類。

我不懂潮州音樂，也缺乏這方面的資訊，一時也無從去打聽本末。想起十五年前去泰國難民營的時候，看潮州難民表演，有個戲碼是「蓮香戲鞋」，可惜因為趕時間，沒看到就走了，不意事後反而牢牢記住，因為是個遺憾。

潮州人是些特別的人，我對他們無限欽佩。在屏東，他們能把一片地住成了「潮州鎮」，（舍弟就是潮州中學畢業的呢！）他們又蓋了韓文公的廟，雖然韓愈一向也沒把潮州放在眼裡，被貶之後也只在那裡住過一年，心裡還怨得要死，潮州人卻把他奉為神明，敬了一千年。我尤其佩服潮州人做的好菜——即使在香港，滿街都是粵菜天下，潮州菜卻仍然一枝獨秀，與粵菜分庭抗禮。潮州人一定是那種對自己多一分敬意和自信的人。潮州人的音樂，想來也是特別的，至於那些每週聚攏來練習這些音樂的團員，想來也一一老了。老成凋謝之後會不會難以為繼呢？我一面看那些明豔的繡帔，一面揣想猜度。

然後，也許某個重要的團員死了，這個團員單身，臨死堆了一屋子當年演奏潮州音樂用的東西。狠心的房東不想保留什麼，便雇來一台小貨車，把所有的東西丟個精光，房子重刷一遍，粉白雪亮，重新租給了別人（啊！不知新房客午夜夢迴之際，是否仍聽到管絃嘔啞的餘韻）。

如果不是有人死，如果不是別人伸手來強丟，我不能相信任何一個「舞台人」會橫下心來丟掉這一幅幅華麗亮豔的舞台繡帔。

站在廣場邊，我努力去構思整個故事的情節。卻像在寫一篇寫壞的小說，自己也圓不了場。繡帔旁邊有一張藍色會員證，我撿了起來，一張一吋大的照片貼在上頭，二、三十年前的那種證照。影中人穿著白襯衫，領子扣得死死的，影中人也許三十，也許五十，因為嚴肅，竟至看不出年齡來了。

就是他嗎？死的人就是他嗎？我把會員證撿起來，夾在資料夾裡，有人死了嗎？有故事落幕了嗎？我不知道找誰去問。

廣場漠漠，這是一個善於遺棄的城市。

——原載85年5月6日中國時報《人間》副刊

如果容許我多宣布一天國定假日

唉！如果五月二十日在總統就職典禮上宣布就職的人是我，那麼本大總統的第一條政策就是多放一天「國定假日」。

也許你會說「這算哪一門子政策」？

其實這世上並不需要什麼一大張或一大本的政策，政策只要八個字就夠了，就是「諸善並作，諸惡莫行」，說得更白一點就是「好事，都要做。壞事，都不做」。至於什麼是好事，什麼是壞事，其實也不必裝糊塗，人人心知肚明。

我打算多放一天假，在我看來是屬於「好事」類。其實，也不是真放假，這一天假日是安排作強迫參觀用的。

我也許會給這個日子定一個名字，叫「生、老、病、死日」，而這一天，大家都必須去走一趟醫院。

有些人，不知是由於「得天獨厚」或「得天獨咒」，居然從來也不生病。搞不好，連他們的親友也不生病，這樣一來，他們根本就沒有什麼機會走進醫院大門。

回教徒規定要去麥加朝聖，後備軍人要不時抓去教育點召，基督教徒要每周一次作禮拜，——而作為人類的一分子，我認為大家都有每年上一次醫院去觀察觀察的義務。對，我說的是義務。我們活著，我們健康，我們把醫生忘了，但去醫院走走，可以提醒我們知道這具肉體不過是一間小茅屋，它的草頂可能遭風掀開，泥壁可能滲水剝落，我們並不如自己想像的那麼不朽。

急診室裡，血肉模糊，你必須親自走一遭，才知道被車子迎面一撞，是個什麼局面。投水自殺的老婦人，濕淋淋的，像新撈上來的浮萍，她喃喃說著不知什麼話。孤獨的老兵，中了風的，對前來安慰他的長官說的話充耳不聞，那長官說的也的確是不負責任的渾話，他說：

「放寬心吧，放寬心吧，放寬了心，病就好啦！」

在這天假日裡，所有的參觀者都得強迫抓去看兒童門診部。孩童受苦，尤其令人慘傷。孩子中有那走不了路的，有那直不起脖子的，有那不會說話的，有全身作土黃色的，有愛滋病的，有截肢的……

參觀者還得去看看癌症病房，在那裡，病人形銷骨立，整張臉剩一雙空洞的大眼瞪著你……

產房也是該去的，當然走不進去，沒有人准許你看整個生產過程，但至少你可以聽，聽那撕裂耳膜的慘叫……

然後，你就該出現在嬰兒房門口，看那些小傢伙如何張著大嘴吃小拳頭，血紅的小臉讓人想起「赤子」兩字……

當然，停屍間也該看，冰涼的抽屜，放著一具具曾經灼熱的肉體。

這個國定假日不一定集中某一天來放。譬如說，有人放在五月二十，有人放在六月二十。免得醫院措手不及，一時招待不了那麼多參觀者。

只有看過生生死死的人才有資格作個活人。當年的悉達多太子如果不是在東南西北四個城門處分別看到生老病死之痛，他終其一生也不過是在眾嬪妃之中的一個享盡豔福的普通男人而已。他是看到生老病死才變成釋迦牟尼的。

對於一般活得不太快樂不太光鮮的市民而言，一趟「醫院之行」下來，也可收「自慶自喜」之效。人很賤，不經比較，就不知道能自行吃飯、自行上廁所，就叫「幸福」。

國定假日多一個也無妨，不過，在執政諸公頭腦一時還沒進化到這一步的時候，我勸讀者諸君有空自己不妨來一趟「生老病死」之旅，比去歐洲旅遊還提神醒腦喔！

——原載85年5月13日中國時報《人間》副刊

這杯咖啡的溫度剛好

咖啡的溫度剛好。

那杯咖啡不用錢，因為是吃早餐附送的。

那早餐也不用錢，因為是住旅館附送的。

旅館在香港彌敦道上，旅館倒是要錢的，但旅費卻因為是順道停留，所以也不算有費用。

為什麼不算旅費呢？因為，反正從大陸回台灣是要住香港的，香港不留白不留，何況，我喜歡香港。

早期的大陸行，離開的時候每有「落荒而逃」的感覺（現在好多了），彷彿離開疫區。等逃到香港，便自覺安全了，那種喜悅值得細細回顧，因此便想住它一兩天。一方面讓自己「驚魂甫定」，另方面也打算好好愛寵一下自己的「劫後餘生」。

我照例住在彌敦道的一家天主教旅館，每天一大早六點半，他們便提供歐式早餐。

也許出於錯覺，我認為這家天主教旅館的早餐有點修道院的意味。清晨和穆的曦光裡，烤土司的焦香四溢。麵包和奶油無限供應，肉類卻是沒有的。而最後那道咖啡，卻又隨你續杯。

那咖啡並不精緻，但很醇正。我把奶水緩緩攪入，氤氳的濃霧一蓬蓬冒出白骨瓷的杯面，那種感覺對我而言居然就是，幸福。

這種幸福只發生在一兩個禮拜的中國大陸旅行之後，在那裡，咖啡不知為什麼，硬是不對。

在長沙，最尊貴的芙蓉賓館，端上來的咖啡就是咖啡，非常純潔，純潔到不給牛奶的程度（至於那「純咖啡」的奇味，很有必要另加筆墨來形容，此處略過不表），你要加奶水，可以，你必須為自己古怪的要求另付價錢。

喝咖啡，在舉杯就口之際，喝的是一點點凝聚成一小盞的亦虛亦實的嗅覺和味覺。放下杯子以後，回味的是一點點窩心的感覺。而「感覺」這玩意，在中國大陸是一項奢侈品，一時還備辦不來。

香港這間旅館的餐廳設在六樓，我臨窗而坐，望彌敦道上的十丈紅塵，整個城市已優雅地醒來，電車、計程車、貨車、行人，在彌敦道上秩序井然的穿梭。而我和這整城市的關係是友誼，不是愛情，所以可以靜靜地看著他，一點關懷，一點繫念，一點會心，一點相會後又可以彼此遠遠游開的灑然。

咖啡的溫度剛好。半分鐘以前稍稍涼了一點，巡行的侍者適時又為我加上滾燙的，現在，又恢復了剛好。

捧著一杯實實在在溫溫香香的咖啡，不知為什麼，我覺得穿越共產世界時沾上的那些濕霉潮冷的記憶都拋開了。我彷彿是在火邊烤乾外衣的旅人，又可以站起來重新上路了。

咖啡總是和我站在一邊。喝完咖啡，我立刻有一整個世界要擁抱（或者，抵抗）。但此刻，我只是靜靜地啜下那一小口感覺，不管一路上聽了多少「十年惡夢，一場浩劫」的情節，咖啡入口之際，我只想充分感知那溫度，那香醇，那焦苦醇甘綿長柔密的力勁……。

嗯，這是我東出陽關後的第一杯咖啡。而此刻，這杯咖啡的溫度剛好。

——原載85年1月31日中央日報《中央副刊》

張　曉　風　作　品　集　1　4

這杯咖啡的溫度剛好

A Cup of Tasty Coffee

國家圖書館出版品預行編目（CIP）資料

這杯咖啡的溫度剛好 / 張曉風著. -- 增訂新版. --
臺北市：九歌, 2020.01
面；　公分. --（張曉風作品集；14）
ISBN 978-986-450-275-2(平裝)

863.55　　　　108021145

作　　者——張曉風
創 辦 人——蔡文甫
發 行 人——蔡澤玉
出版發行——九歌出版社有限公司
臺北市八德路 3 段 12 巷 57 弄 40 號
電話／ 25776564 傳真／ 25789205
郵政劃撥／ 0112295-1

九歌文學網　www.chiuko.com.tw

印　　刷——晨捷印製股份有限公司
法律顧問——龍躍天律師 · 蕭雄淋律師 · 董安丹律師
初　　版——1996 年 9 月 10 日
增訂新版——2020 年 1 月
新版 4 印——2024 年 2 月
定　　價——280 元
書　　號——0110114
I S B N——978-986-450-275-2